兩文三語 — 語法系統比較

徐芷儀　著

臺灣 學生書局 印行

前　言

　　當今語文程度普遍低落，許多人都一致認爲那是教育上的一個最嚴重最迫切的問題。這問題之所以可視爲最嚴重最迫切，是因爲語文乃是思考和溝通的最主要的工具。

　　現代漢語（亦稱「國語」或「普通話」）、粵語和英語這三個語言系統，對於今天的中國人來說，有其特殊的重要性。現代漢語是全國性的語言；粵語在香港、在澳門、在廣州乃至廣東一帶、甚至在全球各地華僑聚居的地方，都是通用的語言；而英語則擔任了現今世界上的國際語言的角色。

　　當前的語文工作者常常提到「兩文三語」的問題。所謂兩文，是指中文和英文。所謂三語，是指國語、粵語和英語。兩文三語的學習所遇到的最大困難之一，就是語法上的分歧。本世紀最著名的語言學家喬姆斯基（N. Chomsky）認爲，語言的靈魂在於語法。僅僅學會詞匯而不懂得語法，就像僅僅擁有一堆磚瓦鋼筋而不知道怎樣用來建構房屋一樣。由於兩文三語的語法分歧而導致語言學習上的種種障礙，那是不足爲奇的。問題在於如何克服這些障礙。本書的目的，即在於此。

　　一般有關的語法學著作，都只集中於現代漢語，粵語或英語的個別論述上，本書則從比較的角度著眼，就這三種語言的語法特性進行研究，主要包括分析、對照、綜合、以及系統整理的諸種工

作。

　　在建構語法理論的時候，語法學家圍繞著如何界定「詞」與「句」這兩個最基本的核心語法概念產生了大量沒有確當解決的論爭，糾纏不清，沒完沒了。針對這個涉及語法學基礎的重大理論問題，本書的解決方案在於——不是就此問題在已有的各種答案之外另提一種答案，而是從根本上消解這個問題；具體言之就是應用著名哲學家維根斯坦（L. Wittgenstein）的「家族相似性」的觀念將上述問題從根消解。

兩文三語——語法系統比較

目　　錄

第一章 語 素

第一節 現代漢語的語素

1. 字

在漢語裏，所謂「字」有兩個意思。一是指寫在紙上的一個個方塊，一是指口裏說的一個個音節。可以這樣說，「字」既是書寫單位，也是讀音單位。不過要注意的是，並不是每個具備書寫形式和讀音的「字」都是有意義的。試看下面的例子：

① 酒 我 馬 寫 飛 低

② 息 卑 泳 譽 疾 馳

③ 芙 蓉 琵 琶 葡 萄

上面①②③項都是字，但每一項字的性質都不同。

第①項的字，不但有意義，在日常語言裏也能單獨使用。例如「一杯酒」、「我很好」、「一匹馬」、「寫得快」、「飛得高」、「低頭吧」。

第②項的字，雖也有意義，但在具體的語言裏不能單獨使用，只是一個詞的組成成分。例如「休息」、「小息」、「平息」；「自卑」、「卑下」；「游泳」、「泳賽」、「渡海泳」；「名

譽」、「聲譽」;「疾病」、「頑疾」;「馳騁」、「奔馳」。

第③項的字,既沒有意義,也不能單獨運用,純粹只是具有書寫形式與讀音的一個方塊字。

以上三項不同性質的字,第①項和第②項都是語法學的研究對象。第①項的字,語法學上稱之為「詞」;第②項的字,語法學上稱之為「語素」。

2. 語素

2.1 從「詞素」到「語素」

在 1956 年公布的《暫擬漢語教學語法系統》裏(以下簡稱《暫擬系統》),只稱「詞素」而不稱「語素」。「語素」一詞是在 1984 年公布的《中學教學語法系統提要》中才採用的(以下簡稱《提要》)。❶

無論「詞素」還是「語素」,都是從英語 morpheme 一詞轉譯過來的。意思是指語言中最小的音義結合體,語言中最小的語法單位。❷《提要》將「詞素」改為「語素」,主要有以下的考慮:

㈠《暫擬系統》用「詞素」這個名稱,容易令人覺得詞素是從

---

❶　詳細內容可參考:
語文教學通訊社《中學新教學語法系統應用指要》,山西人民出版社,1984。
黃成穩《新教學語法系統闡要》,浙江教育出版社,1986。

❷　高更生、王紅旗《漢語教學語法研究》,語文出版社,1996,頁 49-50。書中指出語素的意義有三種類型,其中以本文所說的最準確和清楚。詳細內容可參考該書。

詞分解出來的，以爲詞素只是「詞」這個語法單位的成分，而不是一個與詞、短語、句子平行的語法層級。我們應當將「語素」視爲語法研究的基本單位。如果沿用「詞素」，則是將詞素本身看作是詞的構成成分，削弱了這個語言單位在整個語法系統中的重要性。❸呂叔湘指出：「『詞素』是從『詞』分解出來的，沒有『詞』就談不上『詞的組成部分』。『語素』不以『詞』爲前提。完全可以設想有一種語言只有語素和它的各種組合，在一定條件下形成句子，沒有『詞』這樣的東西。」所以「比較起來，用語素好些，因爲語素的劃分可以先於詞的劃分，詞素的劃分必得後於詞的劃分，而漢語的詞的劃分是問題比較多的。」❹

　　(二)根據一般人對「詞素是組詞的要素」的了解，則詞素所能涵蓋的只能包括那些不自由的不定位組詞成分（例如「語」──「語言」、「語法」、「標語」、「言語」），和不自由的定位組詞成分（例如「老」──「老王」、「老虎」）。對於那些自由的不定位組詞成分就容易忽略，例如「是」、「水」、「跳」等，本身既能獨立成詞，又可以與別的成分組合成詞（例如「水」──「一碗水」、「水利」、「藥水」）。將「詞素」改爲「語素」之後，所涵蓋的內容更加全面。因爲語素的性質是，它本身不但可以互相組合成詞，也可以獨立成詞。❺

　　(三)詞素改稱語素之後，研究語素時就不用再受詞這名稱的涵義

❸　同❷，頁 48。

❹　呂叔湘《漢語語法分析問題》，商務印書館，1979，頁 93 及頁 15。

❺　張先亮《教學語法的特點與應用》，杭州大學出版社，1991，頁 26-27。

所限制，對那些超語段語素，例如語調、停頓、重音等方面都可以納入語素的研究範圍。因為這些也是語言中最小的音義結合體，也是語素。❻

　　基於以上的考慮，《提要》將「詞素」改稱「語素」，目的是希望令語法單位的結構更為合理。經過修訂之後，漢語最小的語法單位由語素開始，然後是詞、短語和句子。❼

2.2　語素的定義

　　語素是最小的語音語義結合體，也是最小的語法單位。試看下面一句話：

　　　　我學習語法。

按照說話的習慣，這句話可以分成「我」「學習」「語法」三個語言單位。將這三個語言單位再切分，又可分出「學」「習」「語」「法」四個。加上一個不能再切分的「我」，共為五個。這五個語言單位都表示一定的意義，且有一定的讀音。這些語言單位，稱為「語素」。

　　語素不能直接造句。它必須與別的語素組合成詞，或本身充當詞之後，才由詞來造句。就以上面的句子為例，「學」「習」「語」「法」這幾個語素各自構成「學習」和「語法」兩個詞之後，再加上一個本身就可充當詞的語素「我」，然後按漢語的語言習慣組成句子。

---

❻　同❷，頁49。

❼　根據《提要》，語法單位句子之上，還有句群。本書暫且從略，只到句子為止。

2.3 語素的確定

像「學習」、「語法」這些語言片段，我們怎樣辨認和確定它所包含的語素呢？要確定一個語言片段那些是語素，最常用的方法有兩個，那就是替換法（substitution）和剩餘法（remnants）。❽

㈠替換法又稱同型替代法，主要是採用替換有關語言成分的方法來確定語素。而運用替換法時，必須注意一個條件，那就是一個雙音節的語言片段，必須兩端都能夠替換。❾例如「學習」可以替換爲「溫習」、「複習」、「熟習」、「見習（生）」，也可替換爲「學問」、「學人」、「學生」、「學究」、「學徒」、「學店」。經過替換，由於從語言片段中分出來的小片段能在不同話語裏反復出現，且是不能再拆分的最小音義結合體，於是我們就可確定其爲語素。

㈡對於一些只有一端能替換的語言片段，我們可以運用剩餘法來確定其中的語素。不過，經剩餘法確定下來的成分，承不承認它爲語素，學者各有不同的看法。

胡裕樹認爲一個語言片段「如果只有一端能夠替換，另一端不能替換，那麼整個片段只是一個語素。例如"蘋果"，可以替換成"青果"、"鮮果"、"糖果"、"水果"等，但是"蘋？"卻無法替換，所以"蘋果"只是一個雙音節的語素。」也就是說，對於

---

❽ 詳細內容可參考索振羽、葉蜚聲譯《現代語言學教程》，北京大學出版社，1986，頁 145-150。
另高更生、王紅旗（1996），頁 51-55。
❾ 胡裕樹《現代漢語》（增訂本），三聯，1992，頁 230。

不能替換既無意義只有語音的部分，胡氏不承認它是語素。❿但高更生則認為「蘋」也是語素。他指出「蘋果」的「蘋」既有讀音，也有意義。「蘋果」區別於「紅果」（還有「芒果」、「乾果」、「腰果」等）就是「蘋」。因而「蘋」是有意義的。高氏的結論是：「從這個角度分析，"蘋果"是兩個語素，"蘋"和"果"各是一個單一語素。"蘋"是用替換法抽出其他語素後剩餘下來的語素，也就是說，採用剩餘法確定的語素」。⓫

高氏的看法，主要源於布隆菲爾德（L. Bloomfield）對 cranberry 和 blackberry 的分析。布氏認為，cran- 雖不像 blackberry 中的 black 有意義，但由於 cran- 這個語言形式本身是個獨一無二的成分（unique elements），只會出現在某一個組合中，這種經剩餘法確定的語素，可以說是獨特語素。在漢語裏，真正用剩餘法來確定的語素很少，被人常引用的例子有：「菠菜」、「蕎麥」、「豆豉」、「彗星」、「犛牛」、「渤海」、「卡車」等。⓬我們日常所見的雙音節語言片段，語素的確定大部分都爭論不大。

2.4 語素的類型

漢語語素可以從不同角度，採用不同標準進行分類。比較常用的標準有下面三個。⓭

㈠根據音節的多少，語素可以分為單音節語素、雙音節語素和

---

❿　同❾，頁 231。

⓫　高更生《漢語語法專題研究》，山東教育出版社，1990，頁 150-151。

⓬　索振羽、葉蜚聲譯（1986），頁 149-150，另例子引自高更生（1996），頁 52-54。

⓭　見高更生（1996），頁 59-61。

多音節語素。

　　⑴單音節語素

　　只有一個音節的語素叫單音節語素。這類語素佔了漢語語素的絕大部分，是漢語語素的基本形式。在口頭上讀出來時是一個音節，寫下來是一個漢字。例如：

　　馬　手　學　走　我　他　小　熱　筆
　　誰　人　多　習　往　你　大　冷　飛
　　和　或　雖　披　著　把　了　於　呢
　　節　初　阿　見　頭　子　化　非　反

單音節語素大多是自由不定位或不自由不定位的語素，它們的構詞能力很強。

　　⑵雙音節語素

　　含有兩個音節的語素叫雙音節語素。雙音節語素有兩種：聯綿字與外來語。

　　　　a.聯綿字

　　聯綿字多來自古漢語。這種雙音節語素本身可以獨立成詞，但拆開來卻不成意義，必須兩個音節連在一起才有意義。例如：

　　琵琶　鞦韆　乒乓　蜘蛛　　　（雙聲）
　　嚕囌　逍遙　徬徨　朦朧　　　（疊韻）
　　芙蓉　杜鵑　翱翔　逶迤　　　（其他）

　　　　b.外來語

　　現代漢語的外來語大都自英語轉譯過來。有些譯音，有些譯意，有些則音意兩譯。

　　沙發　倫敦　摩托　吉他　　（譯音）

　　蜜月　熱狗　超短裙　　　（譯意）

　　可樂　卡片　俱樂部　　　（音意兩譯）

　　(3)多音節語素

　　用三個或三個以上的音節來表示的語素叫多音節語素。這類語素主要轉譯自外來語。例如：

　　白蘭地　巧克力　馬克思　　　（三音節）

　　奧林匹克　釋迦牟尼　歇斯底里　（四音節）

由於漢語不是拼音文字，音譯一個多音節的外來語往往需要用上好幾個漢字才能將音讀對照轉譯過來。像「白蘭地」這三個字，我們只能看成是一個語素，意指「酒的一種」，而不應把「白」「蘭」「地」視爲三個不同的語素，認爲它們各自有其意義。

　　雙音節和多音節語素都是自由語素，本身可以獨立成詞，也可和別的語素結合成詞。例如「白蘭地酒」、「巧克力餅乾」、「馬克思思想」、「奧林匹克村」、「朦朧詩」、「杜鵑花」……等。不過這兩類語素的構詞能力都比較弱，數量也少。由於現代漢語雙音節詞佔優勢，超過兩個音節的語素，表達時爲求方便，人們都會有意無意地加以簡縮成雙音節，例如：

　　奧林匹克運動會→奧運

　　香港特別行政區→特區（政府）

　　人民代表大會→人大

　　人民政治協商會議→政協

　　㈡根據自由和不自由、定位和不定位❹兩個原則，語素可以分

---

❹　此處據胡裕樹（1992）的分類法，頁237-239。

爲：

(1)自由的不定位語素

這類語素本身可以獨立成詞，也可以與別的語素自由組合成詞，由於組合時的位置可前可後，所以又叫自由的不定位語素。例如：

自由語素	獨立成詞	與其他語素組合成詞		
「學」	他學得很好。	學習　學派　學科 文學　教學　開學		
「花」	這花很好看。	花粉　花臉　花俏 天花　眼花　梅花		
「水」	請給我一碗水。	水利　水平　水產 開水　清水　藥水		

(2)半自由的不定位語素

這類語素本身不能獨立成詞，但可以與別的語素自由結合成詞，位置也可前可後。基於這個特點，所以又叫不自由的不定位語素。例如「女」這語素本身就不能獨立成詞，但卻可以與別的語素結合成詞，位置前後均可：

女性　女子　女紅

婦女　男女　妓女

3.不自由的定位語素

這類語素既不能獨立成詞，跟別的語素結合時位置的前後也有所限制。有些只能在前，有些只能在後。像這類語素叫不自由的定

位語素。例如：

不自由語素	獨立成詞	與其他語素組合成詞	
		前置的	後置的
「老」	／	老師　老三　老虎	
「阿」	／	阿牛　阿姨　阿爸	
「初」	／	初一　初十	
「子」	／		刷子　妻子　帽子
「頭」	／		木頭　苦頭　看頭
「員」	／		會員　職員　團員

不自由語素大都由一些自由或半自由的單音節語素虛化而成。像「手」這個自由語素，既可獨立成詞，也可以與其他語素結合成詞，例如「手段」、「手腕」、「棘手」……等。但虛化之後，它的自由度就有了一定的限制，位置只能固定在另一語素的後面，例如「能手」、「好手」、「高手」、「新手」、「歌手」……等。在這裏「手」的本義消失，它只成了構詞成分。近年最常見的半自由語素「性」和「化」就是最好的例子：

　　　「性」——積極性　可信性　可讀性　獨立性　穩定性　男性
　　　「化」——農業化　機械化　現代化　綠化　美化　漫畫化
　　自由語素和半自由語素是詞的詞匯意義所在，所以又稱「詞根」，不自由語素的詞匯意義一般已經減弱或虛化，只有純粹的構詞作用，所以又稱「詞綴」。在現代漢語裏，自由語素與半自由語素佔了絕大部分，構詞能力非常強。

有一點要補充的是，除了上面那些虛化了的不自由語素之外，現代漢語裏還有少數徹底虛化的語素。像「的」、「了」、「呢」、「嗎」、「啊」、「著」……之類的語素，它們都可以單獨成詞，但卻不會與別的語素結合。根據傳統的叫法，這類語素統稱「虛詞」。因爲可以獨自成詞，那就應該屬於自由語素。唯一與自由語素不同之處，就是它們與別的語素的結合能力非常非常的低。

㈢根據語素意義的虛實，可以將語素分爲：

⑴實語素

有實在詞匯意義的叫實語素。凡表示具體事物、數量、時間、方位的，例如「天」、「石」、「一」、「上」、「日」、「東」……等；凡表示動作、行爲、心理活動、發展變化的，例如「走」、「見」、「念」、「愛」、「增」、「逝」……等；凡表示事物的形狀、性質、狀態的，例如「大」、「尖」、「冷」、「甜」、「美」、「強」、「速」、「怒」……等，以上這些都是實語素。實語素中有的可以單獨成詞，有的必須與其他語素結合才可成詞。能單獨成詞的實語素是自由語素，例如「天」、「大」、「紅」都是實語素中的自由語素；不能單獨成詞的實語素是半自由語素，例如「晨」、「念」、「謙」都是實語素中的半自由語素。

⑵虛語素

不表示實在意義的語素叫虛語素。這類語素可以單獨表示某種語法關係，例如「和」、「同」、「跟」表示聯合關係，「且」、「而」表示遞進關係，「或」表示選擇關係，「但」、「雖」表示轉折關係，「呢」、「啊」表示不同的語氣，「著」、「了」、

「過」表示動作的進行情態。以上的語素相當於傳統所說的「虛詞」。它們都獨立成詞，但卻不與其他語素結合。另一種虛化程度沒有那麼徹底的虛語素就是上面所說的不自由語素。這類語素虛化之後大都成為構詞時的詞綴。❶

2.5 語素、音節、漢字的交錯關係

漢語是音節制的語言。在口語裏基本上每一音節代表一個語素，書面上就用一個字來表示。例如「權力」由「權」和「力」兩個語素組成，音節的拼寫方式是「quán」和「lì」，書面是「權」和「力」兩個字。可是由於同一音節所負載不同意義的語素，或不同的書寫形式過多（最常用的漢字大約三千七八百個，而漢語音節只有四百多個），於是令得漢語中的語素、音節與漢字的關係也錯綜複雜起來。❶下面是常見的幾種情況。

㈠簡單的一一對應

一個音節只表示一個語素，寫成一個漢字，這種情況較少。例如：

sēng	僧	zěn	怎
qué	瘸	hén	痕

㈡多義語素

---

❶ 據高更生、王紅旗（1996）語素除了本文的語段語素之外，還有超語段語素。所謂超語段語素，是指句子的句調，或重音、停頓等。此類語素在本文暫不討論。

❶ 根據《常用漢字拼音表》，中華書局，1997，所收的常用漢字為 4046 個，其中一個字有幾個讀音或幾種聲調的算作幾個字，由此看來，常用漢字大約在四千個以內。

　　一個音節表示幾個不同的語素，但書面上寫成同一漢字。例如：

　　　　bái　　　　白（雪白　明白　白跑　獨白）

　　　　kǔ　　　　苦（痛苦　苦寒　苦膽　苦幹）

㈢同音語素

　　一個音節表示若干個不同的語素，書面上用不同的漢字表示。例如：

　　　　féi　　　　非（非常　非法）

　　　　　　　　　扉（扉頁　心扉）

　　　　　　　　　飛（飛快　飛機）

　　　　　　　　　緋（緋紅　緋聞）

　　　　gōng　　　宮（皇宮　宮殿）

　　　　　　　　　功（功勞　功夫）

　　　　　　　　　公（公共　天公）

　　　　　　　　　弓（弓箭　神弓）

㈣多音多義語素

　　幾個不同的音節，表示幾個不同的語素，書面上卻寫成同一漢字。例如：

　　　　hǎo　　　　好（好人　好書）

　　　　　　　　　好（做好　吃好）

　　　　　　　　　好（表示同意）

　　　　　　　　　好（好多人　好冷）

　　　　hào　　　　好（好學　喜好）

　　　　chā　　　　差（差別）

chà	差（差勁）
chāi	差（差使）
cī	差（參差）

要掌握這類語素的讀音和意義，交談時一般要通過當前語境的了解，而在書面上就要靠上下文來確定它的音和義。不過由於這類語素多與別的語素結合成詞，又或者與別的詞組合成短語，因此可以大大減少了被人誤讀誤解的機會。

㈤多音同義語素

幾個音節表示同一語素，書面上寫成同一個漢字。例如：

xiāo ┐		
	├ 削	（削皮）
xuē ┘		（削減）

dāi ┐		（發呆）
	├ 呆	
ái ┘		（呆板）

明白語素、音節和漢字的複雜關係，對一般常犯的語文錯誤，例如錯讀、寫錯別字、望文生義、生造詞語等就容易提高警覺。像「必須」和「必需」這兩個詞，很多人都不大了了。其實「需」和「須」只是音節相同（xū）的兩個不同語素，且分別寫成兩個不同漢字的同音詞而已。知道這樣，「生活必需品」就不會誤寫為「生活必須品」了。

2.6　語素的功能

語素的主要功能在於它有可能獨立成詞，並且又能與別的語素組合成詞。漢語的單音節語素尤其具有極大的構詞能力，而虛化了的不自由單音節語素也有一定的構詞能力。當語素組合成詞之後，

本身又可進一步與別的語素結合成爲另一新詞。例如「科」「學」兩個語素構成「科學」一詞之後，又可再與另一虛語素「家」結合，構成「科學家」。如此類推，漢語的詞匯系統就是這樣豐富起來的。

第二節　粵語的語素

　　粵語語素的類型，基本上跟現代漢語一樣，也可以按音節、自由度、意義虛實來區分。

1.　按音節的多少區分

1.1　單音節語素

　　由於粵語保留很多古漢語成分，粵語的單音節語素，跟古漢語一樣，在粵語裏佔了很大的優勢。現代漢語許多雙音節詞，在粵語裏依然保持單音節，例如：

　　眼　頸　蔗　麵　睞　嬲　悭　靚　知　識　屋　衫　叻
　　櫈　裙　牙

1.2　雙音節語素

　　(1)聯綿字

　　　唥屬　蠄蟧　求其　　（雙聲）

　　　論盡　計仔　醃尖　　（疊韻）

　　　蠄蟧　牙煙　交關　　（其他）

　　(2)外來語

　　　菲林　士的　多士　　（譯音）

　　可樂　雪櫃　冷衫　　（譯意）

　　餐卡　蛋撻　小巴　　（音意兩譯）

1.3　多音節語素

　　粵語的多音節語素不少都是外來語詞的意譯或音譯。音譯的如「茄士咩」、「朱古力」，意譯的如「電單車」、「迷你裙」。除此之外，粵語本身也有不少多音節語素，例如：

　　沙哩弄銃　胡哩馬杈　時哩沙啦　瓜嘛吟　紅當蕩　黑瞇瞴
　　花哩碌

2.　按語素的自由度區分

2.1　自由語素

　　粵語裏的單音節語素，基本上可以獨立成詞，也可與別的語素結合成詞，位置可前可後。例如：「頸癭」、「硬頸」；「蔗渣」、「渣滓」；「公仔麵」、「麵筋」；「靚衫」、「衫褲」；「呩人」、「認呩」……等。

　　雙音節語素與多音節語素，部分來自外語，部分源自粵語本身。這些語素基本上都可獨立成詞，也屬於自由語素。

2.2　半自由語素

　　粵語裏單音節自由語素既佔優勢，本身可以獨立成詞，與別的語素的結合能力也強，因此相應地半自由語素的數目也就不多。例如現代漢語「女」是半自由語素，但在粵語卻是最常見的單音節詞，例如「你個女近來點呀？」。以下是一些半自由語素的例子：

　　「康」——康健　安康

　　「嬉」——兒嬉　嬉皮笑臉

「囟」──腦囟

「疑」──思疑　疑惑

2.3　不自由語素

粵語裏的不自由語素與現代漢語相似，都是一些必須附加在詞根前後的詞綴。例如

<u>阿</u>芳　<u>老</u>陳　<u>第</u>一　<u>初</u>五　靚<u>仔</u>　衰<u>佬</u>　肥<u>妹</u>　拖<u>友</u>　煙<u>精</u>

3.　按語素意義的虛實區分

自由語素、半自由語素都是實語素。虛語素有兩類，一類指由實語素虛化而成的詞綴，一類指粵語裏的「虛詞」。這些虛詞如：

喺　响　運　　　（介詞）

同埋　夾　　　　（連詞）

咩　之嘛　　　　（語氣詞）

以上的虛詞只有語法意義，雖能獨立成詞，但從不與其他語素結合。

第三節　英語的語素

「語素」一詞，英語稱爲 morpheme。根據 David Crystal 對「morpheme」的解釋是：「語法中最小的區別性單位；……語素一般分成自由形式（free forms）（即可以獨立成詞的語素）和粘著形式（bound forms）（即不能單獨成詞的語素，主要是詞綴）。」他並以「unselfish」爲例，指出這詞由三個語素組成：un-、self 和

-ish。其中 self 是自由形式，un- 和 -ish 都是粘著形式。**⑰**

所謂自由形式，即指自由語素。英語的自由語素也叫自由詞根（free roots）**⑱**。它們可以獨立成詞，亦可與別的語素結合成詞（包括與自由形式和粘著形式的語素）。例如：「law」，「book」，「big」，「boy」，「dog」，「gentle」，「man」，「black」，「cat」等都是自由語素。當「boy」獨立成詞時，可以出現在「He is a naughty boy.」這樣的句子裏；當與別的語素「friend」或「-ish」結合，就構成了「boyfriend」和「boyish」兩個新詞。英語中的自由語素除了包括那些具有實在的詞匯意義的詞根之外，還包括那些沒有詞匯意義而只有語法意義的詞根，例如「from」，「in」，「to」，「up」，「of」等。這類語素英語稱之爲 function word（近似漢語的虛詞）。像「from」，「in」之類語素雖然可以獨立成詞，但卻從來不會單獨使用，所以又稱爲功能詞根（bound roots）。**⑲**

至於粘著形式，即指不自由語素。這類語素只能附在詞根的前面或後面。表示詞的屈折變化的叫「屈折語素」（inflectional

---

⑰ 方立等譯《語言學和語音學基礎詞典》，北京語言學院出版社，1992，頁 25。〔原著爲：D. Crystal, A First Dictionary of Linguistics and Phonetics, Andre Dentsch Pub. 1980〕

⑱ 詞根指的是一個詞的不能再作進一步分析的基礎形式，詳細說明可參考方立等譯（1992），頁 341。

⑲ 「bound」一般譯作粘附或粘著，這裏將 bound roots 稱爲功能詞根，主要是考慮這種詞根能獨立成詞，和具有表示語法關係的功能，爲免與粘著語素中的派生語素和屈折語素相混，故有此更動。

morpheme），能顯示詞的類屬或具構詞作用的叫「派生語素」（derivational morpheme）。❷根據這些語素出現的位置，在詞根前面的叫「前綴」（prefix），在後面的叫「後綴」（suffix）❷。前綴和後綴統稱「詞綴」（affix）。屈折語素和派生語素的不同地方在於，前者不能構成新詞，也不能改變原詞的詞性，而後者則爲詞根增添意義但並不構成詞的語義基礎。屈折語素例如標示名詞的複數 -s，標示部分形容詞的比較級和最高級的 -er 和 -est 之類；派生語素例如 teach+er 變成 teacher，accept+able 變成 acceptable 之類。

　　英語語素的類型基本上可以從下圖顯示出來：

❷　有關屈折（inflection）與派生（derivation）的分別，可參考方立等譯（1992），頁 120 及頁 207。又黃長著等譯《語言與語言學詞典》，上海辭書出版社，1981，頁 94 及頁 169。〔原著爲：R.R.K. Hartmann and F.C. Stork, Dictionary of Language and Linguistics, Applied Science Publishers Ltd. London 1972〕

❷　後綴與詞尾由於都是加在詞根之後的詞綴，因此容易混淆。一般而言，表示詞的性、數、格、人稱、時態等語法意義的後綴，叫做詞尾。

英語語
素類型
{
1. 自由語素（free morpheme），也叫詞根（root）
   (1) 自由詞根：boy, dog, gentle, girl, black……
   (2) 功能詞根：from, for, in, to, of……
2. 粘著語素（bound morpheme），也叫詞綴（affix）

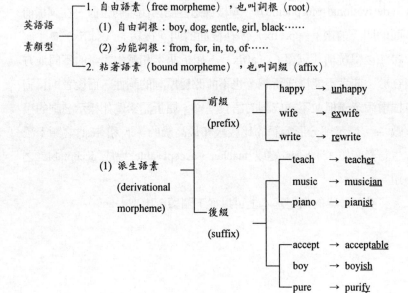

派生語素的前綴與後綴的形態單位，英語在構詞時常會同時並用。例如「gentle」這個語素，當與不同的形態單位結合時就會變成：

gentle　　（一個語素）

gentle＋man　　（兩個語素）

gentle＋man＋ly　　（三個語素）

gentle＋man＋li＋ness　　（四個語素）

un＋gentle＋man＋li＋ness　　（五個語素）

第二章　詞

第一節　現代漢語的詞

1.　詞的定義

在現代漢語裏，甚麼樣的語言單位才算是一個「詞」呢？這個問題，至今還沒有一個無懈可擊的說法。下面是以《暫擬系統》為首，以及幾本比較普及的語法學教材為「詞」所下的定義：

> 《暫擬系統》：「詞是最小的、能夠自由運用的語言單位。」❶
>
> 《提要》：「詞是由語素組成的。」❷
>
> 胡裕樹《現代漢語》：「詞是代表一定的意義、具有固定的語音形式、可以獨立運用的最小的結構單位。」❸

---

❶　龔千炎《中國語法學史稿》，語文出版社，1987，頁 210。

❷　語文教學通訊社《中學新教學語法系統應用指要》，山西人民出版社，1984，頁 12。

❸　胡裕樹《現代漢語》，三聯，1992，頁 240。

張志公《現代漢語》：「詞是語言中最基本的造句單位。」❹

張靜《新編現代漢語》：「句子是詞構成的，詞是有固定聲音和特定意義的最小造句單位。」❺

黃伯榮、廖序東《現代漢語》：「詞是能自由運用的最小的意義單位，或者説，是能自由運用的最小的音義結合體。」❻

邢福義《現代漢語》：「詞是最小的能夠自由運用的語言單位。」❼

　　總括各家的意見，一個詞的特點是：⑴最小的；⑵能自由運用（或獨立運用）；⑶有固定的語音形式和意義。如果將以上三個特點概括爲一句話，則一個詞是「最小的、能夠獨立運用的、有意義的語言單位。」能符合這些條件的就是詞。根據這些條件，下面四類都是詞，因爲都符合詞的定義。

① 酒 牛 高 快 飛 我

② 和 都 已經 既然 除非 嗎 呢

③ 琵琶 蜻蜓 巧克力 嚕囌 歇斯底里

④ 語言 加倍 卑鄙 游泳 吝嗇 遙控

---

❹　張志公《現代漢語》（上冊），人民教育出版社，1982，頁 126。

❺　張靜《新編現代漢語》，上海教育出版社，1980，頁 73。

❻　黃伯榮、廖序東《現代漢語》，甘肅人民出版社，1988，頁 243。

❼　邢福義《現代漢語》，高等教育出版社，1991，頁 161。

　　所謂「最小的」的意思是，作爲一個詞，它本身是一個不能分拆的整體。第①類是單音節詞，固然不能分拆。這些詞都可以自由運用。第②類在現代漢語中叫虛詞，音節也不限定只有一個，單音節的虛詞固然不能拆開，雙音節的虛詞，由於使用上已成習慣，所以也不能拆開。這類詞獨立運用時，主要用來顯示各個語言片段間的語法關係，代表的是語法意義。

　　第③類與第④類也是詞，但兩類在本質上有點分別。第③類的詞如「琵琶」、「蜻蜓」、「巧克力」等，無論音節多少都不能拆開，因爲分拆之後的字都沒有意義。它們必須合起來才有意義。所以構成這類詞只有一個語素。第④類詞如「語言」、「卑鄙」、「遙控」等，把它們分拆成爲「語」、「言」、「卑」、「鄙」、「遙」、「控」等成分之後雖仍有意義，但這些成分都不能自由運用獨立成詞，必須與另一個成分結合才能成詞。換言之，「語言」、「卑鄙」、「遙控」等也是句子中不能再分拆的最小語言單位。

　　至於「獨立運用」的意思，是說詞可以用來單獨回答問題，和可以充當句子成分。

　　能單獨回答問題，例如：

　　（他喝甚麼？）　　　　「酒。」

　　（你跑得快嗎？）　　　「快。」

　　（弟弟看見甚麼？）　　「蜻蜓。」

　　能充當句子成分，例如：

　　加倍努力　　　　（作狀語）

　　遙控技術　　　　（作定語）

即使第②類的虛詞，一樣可以獨立運用。虛詞如「和」、「而」、「都」等都能不依附於別的語言單位，自己具備一定的句法功能，只不過在口語裏不能單說吧了。例如：

　　紙<u>和</u>筆

　　聰明<u>而</u>勤力

　　大家<u>都</u>去了。

　　有一點要補充的，像「白菜」、「黑板」、「馬路」、「鋼筆」等語言片段，如果根據詞的定義，它們都不能稱為詞。因為把它們拆開後，「白」、「菜」、「黑」、「板」、「馬」、「路」、「鋼」、「筆」都各自可以獨立成詞自由運用。例如「白裙子」、「菜涼了」、「天黑了」、「拿一塊板來」、「馬太瘦了」等。換言之，「白菜」、「黑板」、「馬路」、「鋼筆」都應該是短語（也稱「詞組」）而不是詞。對於這種情況，最簡單的判別原則是：如果一個語言片段的意義不等於組成該語言片段各成分的相加意義，那麼這個語言片段是詞，否則便是短語。例如：

　　　白菜（蔬菜的一種）≠白＋菜（白色的菜）

　　　黑板（教學工具）≠黑＋板（黑色的板）

　　　鋼筆（墨水筆）≠鋼＋筆（鋼造的筆）

根據以上原則，所以「白菜」「黑板」「鋼筆」都是詞。

　　有時同樣的語素組合而成的語言片段，例如「紅花」，在不同的語義內容下，可以是詞，也可以是短語。當「紅花」指的是某種中藥材時，它是詞；當「紅花」指一般紅色的花時，它是短語。同樣，如果「黑板」意指「黑色的板」，它也是短語。像這類同形語素組合分屬「詞」和「短語」的情況在現代漢語裏為數不少，因而

在「詞」與「非詞」的判別上就常引起爭論。

2. 詞與非詞的界限

現代漢語的詞，大都符合詞的定義，爲了語法教學上的方便和理論的一致，一般教材所例舉的詞都儘量合乎詞的規範，避免引起爭論。但在教學以外，對詞的定義所不能涵蓋的特例，不少學者就曾展開討論。這些「特例詞」，可以概括爲四類：

① 牛肉　羊肉

② 鞠躬　起草　鼓掌

③ 寫完　放下

④ 食飽　看準

而這四類詞的爭論性在於：

㈠「牛肉」「羊肉」究竟是詞抑或非詞的爭論，主要源於傳統對詞的界定方式。傳統對詞的理解是：「一個詞表示一個概念。」❽但問題是，比如「牛肉」，究竟是代表一個概念還是兩個概念呢？怎樣才算是一個「概念」呢？這些問題不澄清，「牛肉」是詞抑或非詞的爭論是永遠不會有結果的。

㈡根據詞的定義，一個詞是一個整體，是最小的造句單位。換言之，詞的內部構成成分有極強的凝固力，中間不能插入其他語法成分。但「鞠躬」、「起草」、「鼓掌」這類詞卻可以在詞的成分之間加插其他語法成分，例如「鞠一個九十度的躬」、「起了一個草」、「鼓了二十分鐘掌」。像這樣的語言片段，還應不應該稱它

---

❽　黎錦熙《新著國語文法》，1951，頁 2-3。

們爲詞呢？

㈢第③類與第④類不同的地方在，第③類「寫完」、「放下」中間也可插入一些成分，但這成分卻只能是「得」和「不」。例如「寫得／不完」、「放得／不下」。第④類「食飽」、「看準」中間插入的成分除了「得」和「不」之外，還可以有其他成分。例如「吃得／不飽」、「吃得十分飽」；「看得／不準」、「看得十分準」、「看得非常準」等。③④兩類與第②類還有一個分別是，③④類是動補結構，而第②類則是動賓結構。如果根據詞的定義，③④兩類似乎也不能稱爲詞。

對以上的爭論，呂叔湘作了很詳細的論述。❾他的結論是：

㈠「牛肉」「羊肉」一類，由於根據意義界定，所以究竟是不是詞，難有定論。有學者認爲是詞，也有學者認爲不是詞，是短語。呂氏認爲，雖然「牛肉」這類雙音節連語擴展後（中間插入「的」）的意義仍然等於該連語組成成分的意義相加，應當算是短語。但我們應當考慮該連語在具體語言中的使用情況。在口語裏，我們只會說「買一斤牛肉」而不會說「買一斤牛的肉」。因此，呂氏認爲「牛肉」仍應該是詞。

㈡「鞠躬」「鼓掌」一類，由於可分可合，因而學者各有不同的意見。有人認爲不論分合都是詞，有人則認爲這些連語不分開時是詞，分開之後便是短語。

❾ 呂叔湘〈漢語裏「詞」的問題概述〉《漢語語法論文集》商務印書館，1984，頁359-369。

㈢由於「寫完」「放下」只能作有限度的擴展（中間只能插入「得」和「不」），把它們看成詞比較合理。至於「吃飽」、「看準」一類，由於可以自由擴展，學者都無異議地認為是短語。

分辨一個雙音節連語是不是詞除了應參考上述的判別標準之外，其他如該語言片段的語音（包括重音、輕聲、變調）和停頓方式，也是重要的參考點。❿

總括而言，雖然現代漢語的詞大都符合詞的定義，但仍有不少語言片段是界乎詞與非詞之間，界限是不十分清楚的。學者認為可以利用擴展法來測試。例如「黑板」不能擴展為「黑的板」，「骨肉」不能擴展為「骨和肉」（因為擴展後的意義與原來意義完全不同）。這些不能擴展的語言片段就是詞。至於「開車」可以擴展為「開著車」，「牛羊」可以擴展為「牛和羊」（因為擴展後與原來意義一樣），這些可以擴展的語言片段就是短語。如果把一個詞的結構和意義聯繫起來考察，我們可以看到，跟短語比較，一個詞更具有結構上的凝固性和意義上的融合性。結構上的凝固性是指不能在中間加入其他語言成分（即不能擴展）；意義上的融合性指的是詞的整體意義不等於各組語素意義的簡單相加。⓫

3.　界定「詞」的困難

詞是語法學裏的核心概念之一，可是這個核心概念卻從沒有被

---

❿　同上，呂叔湘（1984），頁 365-366。

⓫　邢福義《現代漢語》，高等教育出版社，1991，頁 260。

公認恰當地界定。一般語法學教材爲「詞」下定義的時候，所界定的範圍不是失諸過寬，就是失諸過窄。

在邏輯上，界定一個符號有兩種常用的方式：一是給出被界定符號的外範定義（extentional definition），一是給出被界定符號的內涵定義（intensional definiton）。界定一個語辭，基本上也可用這兩種方式，試圖給出該語辭的外範定義或內涵定義。

例如對「詞」這個語辭，要找出它的外範定義，只要「將所有並且只有『詞』這個字眼所指稱的對象列舉出來，即是將大家都同意是詞的語文項目列舉出來，由此得到的集合，就是『詞』的外範定義。」至於要找出「詞」的內涵定義，「就是要將被界定的符號所指涉的事物本質描述出來。」也就是說，如果能陳述出被界定的符號（例如「詞」）所指稱的對象所共同具有的，並且只有它們才具有的性質，那就是給出了「詞」的內涵定義。

這些年來，雖然語言學者都曾嘗試爲詞下定義，但直到今天，詞的定義，學者的說法仍然並不一致。這個問題的原因就在於，無論從外範定義還是從內涵定義入手，詞的定義都不易下得恰當和明確。

我們試設想有如下的情況：現代漢語裏有一類被公認爲「詞」的語文項目，而且被公認爲「詞」的語文項目都在這個類之中。如果我們能將這個類中的詞全部列舉出來，那就算給出「詞」的外範定義。然而在現代漢語裏一直無法找到這樣的一個類，因此也就無法爲「詞」給出一個無懈可擊的外範定義。外範定義既找不到，要在外範定義的基礎上提出「詞」的內涵定義就不可能了。

反過來，企圖先找出「詞」的內涵定義也行不通。一個恰當的

內涵定義必須滿足以下的條件，那就是：據此定義即能判定任何一個語文項目是不是詞，而且這個判定須符合大家對「詞」這個詞的共同理解。但到目前爲止，語言學家所提出的「詞」的內涵定義，沒有任何一個能滿足上述條件。（否則就不會出現如「牛肉」「鞠躬」等爲詞的定義所不能涵蓋的特例了。）詞的內涵定義既找不到，那自然也無法在內涵定義的基礎上建立「詞」的外範定義了。

　　對於上述這種爲詞下定義的困擾，我們可以借用維根斯坦「家族相似性」這個概念去消解。維根斯坦指出，日常語言裏有許多概念或詞語都不是表達了某些本質因而能夠被有效使用的。當我們用某個詞指稱某個類時，往往不是由於那個類的分子之間有一種共同的本質，而只是由於那個類的分子之間有某種「家族相似性」而已。⑫

　　所謂「家族相似性」，可以通過底下的圖表來作一簡化的說明：

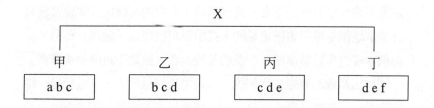

　　假定符號「X」原初指稱甲這種事物，由於乙與甲大體相似（都有 b c 的性質），於是乙也叫做「X」。又由於丙與乙大體相

---

⑫　L. Wittgenstein: Philosophical Investigations, Oxford, 1958.　Part I, § 66ff.

似（都有 c d 的性質），於是丙也叫做「X」。再由於丁與丙大體
相似（都有 d e 的性質），於是丁也叫做「X」。結果甲乙丙丁都
叫做「X」，即是說，

　　　　X＝｛甲，乙，丙，丁｝。

在此情況下，雖然甲和丁之間完全不同，但基於相似性的延續過
程，結果都同被歸入 X 類之中，即同被稱爲「X」。X 的各個分子
並沒有一種本質貫串其間，但我們可以說 X 的各個分子之間有某種
家族相似性。

　　在現代漢語裏，語言學家對「詞」的本質經過多番討論，但仍
未能給出一個公認的定義，看來「詞」這個術語所指稱的對象，在
本質上是沒有嚴格的規範的。要界定「詞」，只能從某些典範的詞
（paradigms）出發（即是從某些毫無異議被公認爲詞的語言單位出
發），通過家族相似性的擴延過程，最後「詞」就被用來統稱那些
典範以及與之有某些家族相似性的語言單位了。

　　在使用「詞」這個字眼時，有些語文工作者也許會因該語辭的
定義不夠嚴格而感到不安，其實這是不必要的。因爲日常語言裏有
許多字眼都是沒有嚴格定義的。維根斯坦就曾以「遊戲」爲例，認
爲根本沒有可以貫串所有遊戲的某種本質，因此不可能給「遊戲」
一詞作出精確的界定。比如說，「遊戲是好玩的」、「遊戲是一種
運動」、「遊戲有勝負之分」……所有這些都不是一切遊戲所共有
並且是特有的性質。不過，遊戲雖無本質，但在一般情況下我們仍
然可以有效使用「遊戲」一詞。這種有效使用的基礎即在於遊戲這
個類的分子之間有家族相似性。「詞」也是如此，「詞」這字眼雖
沒有嚴格的外範定義和內涵定義，但如果以典型的詞爲基礎，通過

家族相似性的延伸，那麼我們仍然可以判別「詞」這個類的分子與分子間性質上的同異的。❸

4. 詞的構成

4.1 單音節詞、雙音節詞與多音節詞

從語音角度看，詞可以分為單音節詞、雙音節詞和多音節詞。由一個音節構成的詞稱單音節詞，如「山」、「走」、「牛」、「笑」、「枝」等。由兩個音節構成的詞稱雙音節詞，如「語法」、「成敗」、「葡萄」、「堂皇」等。由兩個以上的音節構成的詞稱多音節詞，如「司馬遷」、「中文大學」、「歇斯底里」等。

4.2 單純詞與合成詞

從語義角度看，詞又可分為單純詞與合成詞。由一個語素構成的詞，無論有多少個字，只要表示的是一個語義單位，就叫單純詞。例如「人」、「三」、「伶俐」、「咖啡」、「烏魯木齊」、「城市大學」等都是單純詞。

合成詞則由兩個或兩個以上的語素構成，包含兩個或兩個以上的語義單位。合成詞中的每個語素表示一個語義（詞匯意義或語法意義），合起來表示該詞的整體意義。合成詞的構成方式，常見的有下列幾種。

(一)並列式（也叫聯合式）

---

❸　整節詳細內容可參考徐芷儀〈詞與句──家族相似性〉《邏輯思想與語言哲學》，臺灣學生書局，1997，頁 135-143。

由兩個地位平等，不分主次的語素用並列的方式組成。並列的兩個語素意思相同相近，也可以相對相反的。例如：

朋友　語言　鬆散　選擇

窗戶　出納　動靜　東西

並列式合成詞表示的意思有幾種情況。一種是詞的意思大致與構成該詞的兩個語素的意思一樣，例如「朋友」。一種是複詞偏義，詞的意思偏重在其中一個語素的意思上，例如「忘記」，重點在「忘」而不在「記」。一種是該詞意義與構成該詞的兩個語素的意思無關。例如「東西」不指方向，而是指事物。要準確理解一個並列式合成詞的意義，上述這些情況都應當留意。

此外要注意的是，並非凡是相近相同意思的語素，或相對相反的語素都可隨便組合，例如「偉」「巨」雖然意思相近，但卻不會組成「偉巨」或「巨偉」。兩個語素組成的次序，往往取決於使用漢語的人的語言習慣。有違漢語的語言習慣，把「死活」說成「活死」，就會造成溝通上的困難了。

㈡偏正式

兩個語素一偏一正，偏的是修飾成分，正的是被修飾成分。偏在前，正在後。這種偏正關係的合成詞又可分為兩種。

⑴偏正定語式

後一語素表示事物，前一語素表示該事物的性狀、所屬等。例如：

鐵路　好處　鵝毛　茶杯　鋼筆　鬧鐘

⑵偏正狀語式

後一語素表示動作行為，前一語素表示該動作行為的方式狀態

等。例如：

　　輕視　壯觀　熱愛　狂歡　火熱　微笑

㈢支配式（也叫動賓式）

　　兩個語素之中，前一個表示動作，後一個則是該動作的支配對象。例如：

　　作文　簽名　缺席　扶手　知己　管家

㈣補充式（也叫後補式）

　　有兩種形式，一種是前一個表示動作的語素為主，後一個語素補充說明該動作的結果。例如：

　　說明　放大　看透　擴大　糾正　減少

另一種是由一個表示實體事物的語素和一個表示物量的語素組成的。例如：

　　車輛　船隻　紙張　布匹　書本　人口

㈤陳述式（也叫主謂式）

　　兩個語素中，前一個是陳述的對象，後一個是陳述的內容，兩者有陳述與被陳述的關係。例如：

　　地震　月食　眼紅　花生　月亮　秋分

㈥附加式

　　組合成詞的兩個語素，一個是具有詞匯意義的實語素，一個是只有語法意義的虛語素，虛語素可以在前，也可以在後。例如：

　　阿姨　老師　第十　初五

　　石頭　作家　學者　酸性　美化　胖子

㈦其他方式

　　⑴重疊式

由兩個相同的語素重疊而成，構成的詞除保留原有語素的意義外，還有「每」的意思。例如「家家」、「人人」。

　　(2)疊音式

構成方法跟重疊式相同，但重疊後原來語素的意義不再保留。例如「草草」意指匆忙粗率，與「青草」無關。這類疊音式的合成詞還有：

　　　　恰恰　茫茫　泛泛　紛紛　依依

第二節　粵語的詞及其構成方式

在構詞方法上，粵語與普通話基本上是一致的。按詞的構成方式，可分爲單純詞和合成詞。

1.　單純詞

無論音節多少，只有一個語素。其構成方式，從下表可以清楚顯示出來：

```
                單音詞：　嘢　刮　冇　佢　㗎
          ┌─────── 雙聲：　囉攣　啷厲　螆蟧
     聯綿詞┤
          └─────── 疊韻：　論盡　閉翳　醃尖
單純詞─┤
          外來詞：　冷　茄士咩　士巴拿　忌廉

          象聲詞：　啾　時哩沙啦　嗙哈

          其他：　沙哩弄銃　胡哩馬扠
```

2.　合成詞

合成詞的構成方式，跟普通話的構成方式相同，也有並列式、偏正式、支配式、補充式……等。

2.1　並列式

構詞的語素平列，其意義相同、相近或相反。例如：

些少　兼夾　仔女　橫掂　聲氣　沙塵　接續

滾熱辣　酸宿臭　清補涼

含書識墨　檻頭倒腳　口甜舌滑　人細鬼大

以上三四字詞有點像熟語或成語，在粵語裏常另有所指，使用時只當一個詞。這類合成詞由兩部分或三部分均衡結合。至於不均衡的並列式合成詞，粵語裏如：

口水痰　老實威　大哥大⓮　酸宿爛臭

2.2　偏正式

構詞語素一偏一正，前面的語素修飾限制後面的語素。偏正式又可分為：

㈠偏正定語式：

瓩女　頸癭　老友　荳沙喉　桐油埕　雞蛋茶　單身寨佬

來路狀元

㈡偏正狀語式：

密斟　同居　猴擒　獨食　姑勿論　孤寒

粵語偏正式的合成詞，以定語式佔絕大部分，狀語式合成詞非

⓮　香港手提電話的別稱。

常罕見。一般偏正式都是前偏後正，但粵語卻有前正後偏的結構，例如：「菜乾」、「人客」、「雞公」、「荳膶」等。據說這現象是受了少數民族（如壯語）的影響。**⓯**

2.3 支配式

兩個語素中，前一個表示動作，後一個受動作的支配。例如：

焗腳　打鑼　搭客　撞板　撈女　攝景

刮龍　拋浪頭　執手尾　賣豬仔

2.4 補充式

前一語素表示動作，後一語素作出補充和說明。例如：

發冷　講實　閘住　飽死　驚青　行開

2.5 陳述式

前一語素是陳述的對象，後一語素則陳述前一語素。例如：

面黃　口疏　火起　心多　肉赤　木獨　肉緊　眼寬

2.6 附加式

粵語的附加式有三種：

㈠加前綴（詞頭）：

亞牫　第九　老婆

㈡加後綴（詞尾）：

哋仔　煙仔　鄉下佬　大隻佬　八婆　肥婆　叻女　靚女

走雞　童子雞　吼斗　反斗　喊包　女包

㈢加中綴：

亂晒坑　定晒形　硬晒軚　容乜易　耐唔中

⓯　饒秉才等《廣州話方言詞典》，商務印書館，1981，頁313。

2.7　重疊式

　　用重疊方式來構詞，粵語和普通話有相同的地方，也有不同的地方。從下面兩表可以見到。

圖一

重疊方式	粵語	普通話
AABB	巴巴閉閉　顛顛廢廢 窿窿蟧蟧　埕埕塔塔 飲飲食食	清清楚楚　端端正正 男男女女
ABAB	歡喜歡喜　高興高興	研究研究　討論討論
ABAD	氣羅氣喘　滾紅滾綠	風言風語　怪模怪樣
ABCC	笑口吟吟　大隻騾騾	得意洋洋　興致勃勃
A 里 AB	花哩花碌　嘰哩咕碌	糊里糊塗　流里流氣

圖二

重疊方式	粵語	普通話
AA	① 度度　勻勻　日日 　 諗諗 ② 紅紅　圓圓　白白 　 涼涼	① 人人　個個　種種 　 想想　走走
ABB	① 熨焓焓　肥楯楯 ② 白雪雪　白晒晒 　 白蒙蒙 ③ 牙斬斬　心思思	① 雄赳赳　羞答答 ② 血淋淋　眼睜睜

		頭奔奔				
AAB	①	嗲嗲吊	沙沙滾	①	哈哈笑	圍圍轉
		濕濕碎	囉囉孿			
		急急腳	死死氣			
		ngen³ ngen³ 腳				
		攝攝齋	啦啦聲			
		咕咕聲				
	②	嘈嘈閉	浮浮泛			
		死死下	郁郁下			

　　圖一裏的重疊形式，粵語和普通話基本相同，只是數量的多少有分別而已。像 ABAB 式的動詞重疊形式，和 A 里（哩）AB 式，粵語中就比較少見。

　　圖二裏的重疊方式，表面上雖與普通話相同，但實際上卻有差別。

　　㈠ AA 式單音節形容詞重疊，粵語常常會在第一個疊字變調來表示詞義的改變，當「紅紅」「圓圓」「白白」第一個疊字唸陰上聲時（讀如 huŋ² huŋ⁴）❶就表示「紅」達到了「很紅」的程度；如果在「紅紅」之後加上結構助詞「哋」時，則「紅紅」會唸成

---

❶　粵語標音據高華年《廣州方言研究》，商務印書館，1980。調號則據饒秉才等《廣州話方言詞典》，並作少許改動，除了 1＝陰平，2＝陰上，3＝陰去，4＝陽平，5＝陽上，6＝陽去之外，三個入聲分別用 7, 8, 9 標出，那就是：7＝陰入，8＝中入，9＝陽入。九個不同聲調的例字依次如：師¹、史²、試³、時⁴、市⁵、事⁶、昔⁷、錫⁸、食⁹。

「huη^4huη^2 tεi^2」，這時的意思就只是「略紅」而已。這種通過詞的重疊和變調來改變詞義或詞性的情況，在普通話裏是不多見的。

　　㈡ ABB 式以一個形容詞帶兩個重疊襯字，重疊部分有修飾與強調程度加深的作用。而所帶的襯字不同，意義也有不同。例如「白雪雪」唸作 pa:k^9 syt^7 syt^7 時表示雪白（白得可愛），「白晒晒」唸作 pa:k^9 sa:i^4 sa:i^4 時就表示慘白（白得難看），「白蒙蒙」唸作 pa:k^9 muη^1 muη^1 時表示的卻是粉白。

　　此外，粵語陳述式的構詞形式，陳述部分的動詞或形容詞亦可重疊，例如圖二中 ABB 式的③，這種重疊方式也是普通話少見的。

　　至於圖二 AAB 式的構詞方式，粵語極爲豐富，而且種類繁多。圖二的①類都屬偏正結構，而②類的結構則比較特殊，前面的動詞重疊，後面的只是襯字或逐漸虛化了的實語素。構成之後，其詞性爲形容詞或動詞。

第三節　英語的詞及其構成方式

　　怎樣才算是一個詞，在漢語裏常常引起爭議（見本章第一節）。出現這種情況的原因之一，是因爲漢語的詞與詞之間，在書面上是一個一個連續出現，中間並沒有空位隔開的。這個特點令得漢語裏詞與詞間的界線比較模糊。

　　英語在這方面比較容易處理。一是由於英語語素和詞的界線比較明顯，二是英語詞與詞間語音上有一個較小的停頓，書面上詞與詞之間也留有空間。因爲有這「音渡」（juncture）的幫助，詞的

界限比較明確。

從上一章裏看到，英語詞的構成也需倚靠各種不同形式的語素，包括派生語素（即詞匯語素）和屈折語素（即語法語素）。而這兩大類語素又統稱爲形態單位。利用這些形態單位來構詞，語法學上稱爲「構詞法」（word-formation）。

語言的構詞方式，一般採用合成法和派生法，只是不同語言所側重的方式不同而已。英語以派生法爲主，漢語以合成法爲主。但這並不表示，漢語沒有用派生形式構成的詞，或英語沒有用合成形式構成的詞，只是在應用上數量較少罷了。

從結構方式來看，英語的詞可以分爲單語素詞、派生詞、合成詞等。其中以派生詞佔大部分。

1. 單語素詞

意指單個語素的詞。例如「boy」、「girl」、「child」、「good」、「happy」、「like」……等。這類詞跟漢語的「人」，「跳」，「牛」，「說」，「高」……等相似。

2. 派生詞

派生法的構詞方式是指以一個有能產性的詞（語素）爲詞幹，在該詞幹之前或後加詞綴而構成新詞。派生詞的詞綴多是粘著語素。雖不能獨立成詞，但本身卻具有某種概括性的意義。用派生方式產生出來的新詞，在意義上與原詞有一定的關聯，有時又可能會改變了原詞的詞性，又或增加了點新義。

2.1 加前綴

① friend→<u>be</u>friend　　② slave→<u>en</u>slave

③ sleep→<u>a</u>sleep　　　④ cover→<u>un</u>cover

⑤ fair→<u>un</u>fair　　　⑥ relation→<u>inter</u>relation

⑦ cab→<u>mini</u>cab　　　⑧ wife→<u>ex</u>wife

①至④的前綴，加上之後改變了原詞的詞性，也改變了原詞的意義；⑤至⑥的前綴，原詞的詞性沒有改變，但意義則有所不同。

2.2 加後綴

① teach→teach<u>er</u>　　② member→member<u>ship</u>

③ act→act<u>or</u>　　　　④ ill→ill<u>ness</u>

⑤ success→success<u>ful</u>　⑥ self→self<u>ish</u>

⑦ diverse→divers<u>ify</u>　　⑧ loud→loud<u>ly</u>

英語利用加後綴的構詞方式比加前綴更爲普遍。無論名詞（例②）、動詞（例③）、形容詞（例④）、和副詞（例⑧）都有大量的後綴。後綴的附加，既改變了原詞的意義，也改變了原詞的詞性。

3. 合成詞

用複合方式構成的英語詞，在數量上大大及不上派生詞。例子如：

① school + boy→schoolboy

② earth + quake→earthquake

③ black + board→blackboard

④ home + made→homemade

⑤ duty + free→dutyfree

⑥　window + shopping→windowshopping ❶

---

❶　參考方文惠主編《英漢對比語言學》，福建人民出版社，1991，頁 94-100。

第三章 詞 類

第一節 現代漢語的詞類

1. 劃分詞類的標準

　　詞類是指詞在語法上的分類。詞類的劃分是語法學的一個重要部分。西方傳統的語法學著作，幾乎都從詞類講起，而西方學者將詞歸類時，主要是根據詞的形態變化。

　　以英語為例，英語的形態變化主要表現在兩方面。一是詞的屈折形式，一是詞的派生形式。詞的屈折是在詞要表示不同語法意義時產生的。例如表示複數，bird 就會變成 birds；❶表示動詞的不同情態，walk 就會變成 walks、walked 或 walking。詞的派生則是在構詞時，應用不同意義或語法關係的形態單位（即詞綴）附加在詞根上。例如：construct→reconstruct，possible→impossible，collect→collection，teach→teacher，warm→warmly，accept→acceptable。在劃分詞類時，像英語這種有形態變化的語言，詞的形態變化是一

---

❶　英語也有不規則的複數形式，例如 woman→women，louse→lice，sheep→sheep，在這裏暫且從略。

個很好的根據。例如附有-ment、-tion、-ness 之類詞綴的詞，都可歸入名詞類；附有-tive、-less、-able 之類的，都可歸入形容詞類。❷

　　至於漢語，由於詞沒有形態變化，早期的西方漢學家因此認為，漢語的詞不能分類，也就是說，漢語沒有詞類。推到極端，甚至認為漢語沒有語法。這種看法引起了不少學者回應。50 年代初期，學者為此觀點展開過深入而詳盡的探討。這次討論就是漢語語法學史上有名的詞類論爭。❸

1.1　詞類論爭的要點

　　詞類論爭的要點主要有四個：

　　㈠漢語有沒有形態？

　　㈡漢語有沒有詞類的分別？

　　㈢如果有詞類，劃分的標準是甚麼？

　　㈣標準是一個還是兩個以上？

1.2　學者的意見

　　對於這次爭論，學者有兩種不同的看法。一種是以高名凱為首的否定論，一種是以呂叔湘王力為首的肯定論。

　　㈠高名凱先後三篇文章《關於漢語的詞類分別》、《再論漢語的詞類分別》、《三論漢語的詞類分別》詳細論述了他認為漢語沒

---

❷　像 hand，fire，right 之類的詞，它們在作名詞、動詞、形容詞時都沒有形態變化，為這些詞分類時，就得看它們在句子裏的語法功能。

❸　陳光磊《漢語詞法論》，學林出版社，1994，頁 65-66。
　　龔千炎《中國語法學史稿》，語文出版社，1987，頁 174-187。

有詞類分別的觀點。他肯定而明確地指出：

> 區分詞類不能拿詞的意義、聲調變化、功能和結合關係作標
> 準，只能拿標明各種詞類的特殊形式，即狹義的詞形變化作
> 標準（大前提），而這種狹義的詞形變化漢語中是不存在的，
> 漢語的構詞形態也不足以作爲區分詞類的標準（小前提），因
> 此，漢語的實詞沒有詞類的分別（結論）。❹

　　這段說話是高氏與當時的語法學者經過多次討論後得到的「總
結」。站在高名凱的立場，漢語的詞既沒有西方語言學者所說的形
態變化，那麼漢語的詞不能分類似乎也能言之成理。

　　但問題是，詞類劃分是語言的普遍現象，如果語言的性質不同
（英語漢語根本分屬不同語系），那麼以西方語言所說的形態變化
作爲劃分詞類的標準是否同樣適用於漢語，抑或在這個標準之外，
還有其他標準可以作爲根據呢？

　　㈡呂叔湘《關於漢語詞類的一些原則性問題》❺與王力《關於
漢語有無詞類的問題》❻兩篇文章否定並分析了高名凱的看法，並
且對漢語的詞類問題作出了肯定的結論：❼

　　⑴漢語是有形態的，但這形態所指與印歐語形態並不一致；

---

❹　見《中國語文》，1953 第 10 期，1954 第 8 期，1955 第 1 期。

❺　見《中國語文》，1954 第 9 期與第 10 期。

❻　見《漢語的詞類問題》（二），中華書局，1956。

❼　承認漢語有詞類分別的學者尚有曹伯韓、黎錦熙、胡附、文煉等，參❻。

(2)漢語可以劃分詞類；

(3)劃分詞類的標準不能單憑意義；

(4)漢語劃分詞類應以詞的語法功能爲標準。

1.3 論証的內容

㈠漢語的形態

西方的形態學（morphology）是語法學的一個重要部分，主要研究和分析詞的結構、形式和類別。例如研究和分析 talks，talked，talking 等詞尾變化、和 happiness 中的 -ness 之類的派生詞尾如何構詞等問題。而這些屈折形式與派生形式對英語詞類的劃分提供了一個重要的依據。漢語的詞沒有屈折形式，構詞詞綴（包括詞頭和詞尾）也不普遍，在劃分詞類的時候，自然不如英語的直接明確。但有些學者認爲，漢語的詞雖缺乏西方語言嚴格意義下的形態變化，但在廣義的意思下，漢語的詞還是有形態的。漢語的形態表現在構詞和詞與詞的結合關係上。例如與「子」、「頭」、「性」等虛語素結合的詞都是名詞，能帶「著」、「了」、「過」等時態助詞的都是動詞。這種情況，學者稱爲「廣義形態」。在論爭中，學者雖然對「廣義形態」一詞的內容觀點並不一致，但大致上都承認漢語有形態，只是漢語的形態與印歐語的形態有所不同吧了。不過，即使漢語有所謂廣義形態，但正如呂叔湘說：「漢語有沒有形態變化？要說有，也是既不全面也不地道的玩意兒，在分析上發揮不了太大的作用。」因此，漢語劃分詞類也就不能以形態爲依據。

㈡詞義標準不可靠

詞義指詞所代表的概念或詞的詞彙意義。傳統語法學都以詞義

作爲劃分詞類的根據。例如將名詞界定爲「表示人或事物的名稱」，將動詞界定爲「表示人或事物的動作、行爲、發展、變化等」。

在英語裏，一個詞的詞匯意義，大多有與之相應的語法形式。例如形容詞 beautiful 轉爲名詞時就變成 beauty，轉爲動詞時就變成 beautify。但在漢語裏，名詞、動詞、形容詞等概念，就不一定有一一對應的語法形式。例如「戰爭──打仗」、「睡覺──睡眠」兩對詞語，詞匯意義相近，語法意義卻不相同（一爲名詞，一爲動詞）。如果憑詞義來劃分詞類，就容易出現因人而異的情況。因此，在劃分詞類時，詞義只能作爲參考，不能作爲標準。❽

㈢詞的語法功能是劃分詞類的標準

一個詞的語法功能應當包括兩方面，一是句法功能，一是結合功能。高名凱提出的「功能和結合關係」只是指詞的句法功能。所謂詞的句法功能是看該詞在句子裏充當甚麼句子成分。高氏認爲，單憑詞的句法功能來劃分詞類並不可靠。因爲同一功能的詞不一定同類。比如一般來說，作主語、賓語的是名詞，作謂語的是動詞，作定語的是形容詞，作狀語的是副詞。而在漢語裏，「去是對的。」和「雞是動物。」兩句句子中的「去」和「雞」都當主語，但「去」是動詞，「雞」是名詞。因此高氏認爲根據詞的語法功能來劃分詞類是不可行的。

呂叔湘就高氏的觀點作出回應。他認爲高氏所說詞的語法功能不應單指句法功能，也應包括結合功能，即詞與詞的結構關係。如

---

❽　呂叔湘《漢語語法論文集》，商務印書館，1984，頁 249-252。

果只按詞的句法功能分類，就會導致詞無定類，類無定詞。一個詞的結合功能是指一個詞能跟甚麼樣的詞結合，或不能跟甚麼樣的詞結合。例如名詞可以與數量詞結合，像「一張椅子」、「三枝鉛筆」，但卻不能與副詞結合，例如不能說「非常檯子*」、「十分衣服*」❾。根據詞與詞的結構關係，能讓人看到一個詞全面可能有的結構特點。甲類詞之所以與乙類詞不同，是因爲它們彼此的語法特徵不同，而這些語法特徵正好反映在詞的結合功能和句法功能上。因此，一個詞的語法功能是漢語劃分詞類的最好根據。此外，呂叔湘認爲，一些像鑒定字、詞的重疊形式之類的標誌，❿對劃分詞類也有輔助作用。

1.4 劃分詞類的綜合原則

1953-1954 年的詞類論爭，學者們基本上獲得了一致共識，那就是漢語的詞能夠分類，並且認識到區分詞類不能憑詞的形態，不能憑詞的意義，只有詞的語法功能才是最重要的分類根據，形態和意義只能作爲參考。

總結以上的分析，劃分詞類的標準可以概括爲兩大原則：

㈠根據詞的語法功能，其中包括詞的結合能力與詞的結構關係。

結合能力如「人、馬、布、車」等，前面都可以加「一個」、「兩匹」、「三尺」、「四輛」等數量詞。由此我們得出結論：凡

---

❾ 凡例子上加*號，表示該例子不合語法或不符語言習慣。

❿ 參❽。

　另參考龔千炎（1987），頁 184。

是能與數量詞結合的是名詞。

結構關係例如「打」、「吃」、「買」、「看」等詞，它們不能與數量詞結合，但卻可以有支配對象。例如：「打人」、「吃飯」、「買布」、「看戲」。由此我們得出結論：凡能有支配對象的都是動詞。

㈡根據詞本身具有的標誌和形式

一個詞的標誌和形式，是指一個詞的前綴和後綴的附加，以及詞本身的重疊方式。根據這些標誌和形式，可以決定一個詞的歸類。例如：

凡帶前綴「老」、「阿」的都是名詞，

凡能帶「著」、「了」、「過」的都是動詞，

凡可以重疊爲 AABB 式的是形容詞，重疊爲 ABAB 式的是動詞。

對於詞類劃分標準在運用時的輕重主次，王力作了這樣的總結：

漢語劃分詞類的三個標準：第一，詞義在漢語詞類劃分中是能起一定作用的……第二，應該盡先應用形態標準（如果有形態的話），這形態包括構形性質和構詞性質的；第三，句法標準（包括詞的結合能力）應該是最重要的標準，在不能用形態標準的地方，句法標準是起決定作用的。⓫

⓫　王力〈關于漢語有無詞類的問題〉《漢語的詞類問題》（二），中華書局，1956，頁 61。

五十年代的漢語詞類問題討論，對後來的學者編寫語法教材時起了重要的指導作用。像 1991 年出版邢福義的《現代漢語》，其中談到詞類劃分的標準的部分，也是循著上面提到的原則，根據詞的組合能力、詞的造句功能和詞的語法形式。

2. 不同的詞類劃分

經過詞類問題的討論之後，學者對漢語劃分詞類的標準雖然已有比較一致的看法，但在如何掌握每類詞的特點和爲詞分類的程序上，還是會出現因人而異的情況。而這情況就往往反映在詞的具體分類上。以下試以《暫擬系統》與《提要》作爲參照，看看各家的不同分類。

圖一⑫

《暫擬系統》 1956	《現代漢語語法講話》 1961	《現代漢語》 1962	《語文基礎知識》 1972	《現代漢語知識》 1973	《文法簡論》 1978	《新編現代漢語》 1980	《語法講義》 1982
(1)名詞 　附：方位	(1)名詞	(1)名詞	(1)名詞	(1)名詞 　　附：方位	(1)名詞	(1)名詞	**實詞**｜**體詞** (1)名詞 (2)處所詞
(2)動詞 　附：能願 　　趨向 　　判斷	(2)動詞 　附：助動 　　副動	(2)動詞	(2)動詞 　附：能願 　　趨向 　　判斷	(2)動詞 　　附：能願 　　　趨向 　　　判斷	(2)動詞 (3)衡詞 (4)斷詞	(2)動詞	(3)方位詞 (4)時間詞 (5)區別詞
(3)形容詞	(3)形容詞	(3)形容詞	(3)形容詞	(3)形容詞	(5)形容詞	(3)形容詞	(6)數詞
(4)數詞 (5)量詞	(4)數詞 (5)量詞	(4)數詞 (5)量詞	(4)數量詞	(4)數詞 (5)量詞	(6)點詞 　(1)數詞 　(2)單位詞 　(3)指詞	(4)數量詞	(7)量詞 (8)代詞1
(6)代詞	(6)代詞	(6)代詞	(5)代詞	(6)代詞	(7)代詞	(6)代詞	**謂詞** (8)代詞2 (9)動詞 (10)形容詞
(7)副詞 (8)介詞	(7)副詞 (8)介詞	(7)副詞 (8)介詞	(6)副詞 (7)介詞	(7)副詞 (8)介詞	(8)副詞 (9)介詞	(6)副詞 (7)介詞	**虛詞** (11)副詞 (12)介詞
(9)連詞 (10)助詞 　(1)結構 　(2)時態 　(3)語氣	(8)連詞 (9)語助詞	(9)連詞 (10)助詞 (11)語氣詞	(8)連詞 (9)助詞 　(1)結構 　(2)時態 　(3)語氣	(9)連詞 (10)助詞 　(1)結構 　(2)時態 　(3)語氣	(10)連詞 (11)助詞 　另立襯素 　一類	(8)連詞 (9)語氣詞	(13)連詞 (14)助詞 (15)語氣詞
(11)嘆詞	(10)象聲詞	(12)象聲詞	(10)嘆詞	(11)嘆詞	(12)感詞	(10)感嘆詞	(16)擬聲詞 (17)感嘆詞

══════ 橫線以上是實詞，以下是虛詞

圖二⑬

《提要》1984	《漢語語法專題研究》1990	《現代漢語》1988	《現代漢語》1991	《現代漢語》1992	《現代漢語》1993	《漢語詞法論》1994
(1)名詞	體詞 (1)名詞 (2)方位詞 (3)數詞 (4)量詞	(1)名詞	(1)名詞	(1)名詞	體詞 (1)名詞 (2)區別詞 (3)數詞 (4)量詞 (5)代詞1	體詞 (1)名詞 (2)代詞 (3)時間詞 (4)處所詞
(2)動詞 (3)形容詞	謂詞 (5)動詞 (6)形容詞 (7)描寫詞	(2)動詞 (3)形容詞 (4)區別詞	(2)動詞 (3)形容詞	(2)動詞 (3)形容詞		用詞 (5)動詞 (6)形容詞 (7)斷詞 (8)衡詞
(4)數詞 5 量詞	修飾詞 (8)區別詞 (9)副詞	(5)數詞 (6)量詞	(4)數詞 (5)量詞	(4)數詞 (5)量詞	謂詞 代詞2 (6)動詞 (7)形容詞 (8)狀態詞	點別詞 (9)數詞 (10)指詞 (11)簡別詞
(6)代詞 (7)副詞	獨語詞 (10)擬聲詞 (11)嘆詞	(7)代詞 (8)副詞 (9)嘆詞 (10)象聲詞	(6)代詞 (7)副詞	(6)代詞 (7)副詞	(9)副詞	副詞 (12)副詞
(8)介詞 (9)連詞 (10)助詞 (1)結構 (2)動態 (3)語氣	介連詞 (12)介詞 (13)連詞 助詞語 (14)助詞 (15)語氣詞	(11)介詞 (12)連詞 (13)助詞 (14)語氣詞	(8)介詞 (9)連詞 (10)助詞 (11)語氣詞	(8)介詞 (9)連詞 (10)助詞 (11)語氣詞	虛詞 (10)介詞 (11)連詞 (12)助詞 (13)語氣詞	虛詞 (13)方位詞 (14)介詞 (15)連詞 (16)助詞 (17)量詞 (18)語氣詞
(11)嘆詞 (12)擬聲詞			(11)擬音詞 (1)嘆詞 (2)象聲詞	(12)嘆詞 (13)象聲詞	特殊詞 (14)感嘆詞 (15)擬聲詞	(19)感詞 (20)象聲詞

成分詞 / 非成分詞（《提要》1984 左側分類）

　　1984 年公布《中學教學語法系統提要》以前，國內大部分的
語法學著作基本上都根據《暫擬系統》編寫。圖一以《暫擬系統》
的詞類項目爲藍本，與幾種在該系統推出後才編寫成的語法學著作
比較，我們可以清楚看到它們在詞類劃分上的同異。圖一中所列舉
的語法學著作，詞類劃分相同的地方有目共睹，至於不同的地方則
有下面四點。

　　㈠各語法學著作，除了丁聲樹（1961）一書的詞類劃分爲單層

---

❷　圖一中所見書目順次爲：
　　《暫擬系統》，詳見龔千炎（1987），頁 204-218。
　　丁聲樹《現代漢語語法講話》，商務印書館，1961。
　　北京大學漢語教研室《現代漢語》，新華書店，1962。
　　吉林師範大學中文系《語文基礎知識》（修訂本），吉林人民出版社，
　　1972。
　　廣西師範大學中文系《現代漢語知識》，廣西人民出版社，1973。
　　陳望道《文法簡論》，三聯，1978。
　　張靜《新編現代漢語》，上海教育出版社，1980。
　　朱德熙《語法講義》，商務印書館，1982。同書頁 81，朱德熙據代詞本
　　身的語法功能，把代詞分爲體詞性代詞和謂詞性代詞兩大類。
❸　圖二所見書目順次爲：
　　有關《中學教學語法系統提要》，可參考：
　　　　龔千炎（1987）。
　　　　黃成穩《新教學語法系統闡要》，浙江教育出版社，1986。
　　　　莊文中《中學教學語法新編》，江蘇教育出版社，1984。
　　高更生《漢語語法專題研究》，山東教育出版社，1990。
　　黃伯榮、廖序東《現代漢語》，甘肅人民出版社，1988。
　　邢福義《現代漢語》，高等教育出版社，1991。
　　胡裕樹《現代漢語》，三聯，1992。
　　北京大學中文系現代漢語教研室《現代漢語》，商務，1993。
　　陳光磊《漢語詞法論》，學林出版社，1994。

次之外，其他各書的詞類劃分都是兩個層次：先將詞分爲實詞和虛詞兩大類，然後再在兩類中分出次類。

㈡詞類的數目由 10 類到 12 類。數目不同主要出在各學者對嘆詞、語氣詞、和象聲詞的不同處理上。

㈢學者對副詞歸類有不同的看法。有的歸入實詞，有的歸入虛詞。

㈣分類較特別的是陳望道（1980）與朱德熙（1982）。兩人對詞的具體分類可從圖中看到。

1984 年以後，學者們累積了多年語法教學的經驗，再加上在語言理論方面的研究心得，他們在《提要》的基礎上，或多或少都有所增刪補訂，並由此編成各具特色的語法學著作。圖二以幾本國內大專院校採用的語法學著作爲例，與《提要》作一比較。在詞類劃分方面，綜合看來，其不同之處如下。

㈠詞類劃分比 1984 年以前來得更加詳盡細緻。原因在於語法學者對各類詞的語法特點有更進一步的掌握和認識。詞類項目由1984 年以前的十類到十二類增加至十三類到二十類（見圖二）。由於感嘆詞與象聲詞的特殊性質，有的學者甚至將這兩類別稱爲特殊詞。

㈡詞類劃分的層次在兩層之外，進一步作三層區分。例如高更生(1990)、北大（1993）、和陳光磊(1994)，而各類的名稱也互有出入。例如高更生將第一層次分爲成分詞與非成分詞，而北大與陳光磊則仍沿用傳統的虛實叫法。至於小類的名稱，也各有不同。

㈢副詞歸入實詞還是虛詞，學者看法仍然分歧。

㈣小類的劃分，學者各有不同。總括而言，大約有幾方面：⑴

以前屬名詞附類的時間詞、方位詞、處所詞，如今獨立成類。⑵以前屬動詞附類的判斷動詞（判詞）、能願動詞（衡詞）現在也獨立成類。⑶形容詞分出區別詞。⑷代詞分屬體詞與謂詞（亦有分屬體詞與點別詞）。⑸感嘆詞與象聲詞另以特殊詞指稱之。由於學者對詞類分合的不同處理，導致詞的分類項目也因人而異。

以上各家的詞類劃分，可以說反映了自五十年代以來漢語語法學在詞法方面的研究成果。由於學者對各類詞的語法特點有更深入的了解，因而在劃分詞類時也就日趨細微精確。在語言研究立場，這是可喜的。但在教學上，繁瑣的區分卻不一定有利。

自《暫擬系統》到《提要》，漢語詞類的劃分可以說漸漸精簡。《提要》雖增加了擬聲詞一項，但也取消了名詞動詞中的附類。類別的減少當有助於學習者的掌握與記憶，所以圖二裏的幾本大專院校所採用的語法學著作，詞類項目基本上都與《提要》一致。考慮到這點，本書以下的詞類部分，也會以《提要》的詞類項目爲綱，依次逐一闡明各類詞的語法特點。

3. 詞的分類及其語法特點

3.1 詞的分類

根據《提要》，現代漢語的詞分爲十二類。那就是：名詞、動詞、形容詞、數詞、量詞、代詞、副詞、介詞、連詞、助詞、嘆詞和擬聲詞。前六類屬實詞，後六類屬虛詞。

實詞與虛詞是漢語傳統對詞的區分方式。所謂實詞，是指有具體詞匯意義的詞，且能作句子的成分。在一定的語境中，還可以獨立成爲句子。例如：

　　思想　　會議　　夏天

　　迅速前進　　看電影　　太陽出來了

　　票！　飛機！　（你想吃甚麼？）米飯。

名詞、動詞、形容詞、數量詞和代詞基本上都有這樣的功能，所以都是實詞。

　　至於虛詞，一般不表示實在的意義，所以不會作句子成分。這類詞所表示的只有語法關係或語法意義。例如：

　　大車和飛機　　（表示兩者的並列關係）

　　他給警察打了一頓　　（表示被動關係）

　　老師的書　　（表示領屬關係）

漢語實詞與虛詞的比例，實詞佔了絕大多數，虛詞少得多，常用的只有幾百多。但數量少並不表示不重要。漢語句子的組成，除了利用組合成分的不同語序變化之外，也須靠虛詞來表示各組合成分的關係。例如：

```
┌── 這件衣服不皺。
│   這件衣服很皺。
└── 這件衣服不很皺。
```

```
┌── 如果天下雨，我就不出去。
└── 既然天下雨，我不出去了。
```

3.2　各類詞的語法特點

㈠名詞

　　名詞表示人或事物的名稱，不論表示的是具體事物還是抽象事物。根據所表示的事物，可以將名詞概括爲以下幾類：

表示人的：

孔子 學生 記者 歌手 顧客

表示事物的：

房屋 牛 美德 思維 長江 現代化 條件 友誼
積極性

表示時間的：

星期一 今天 黑夜 秋天

表示方位的（簡稱「方位詞」）：

單純的：

上 左 前 内

合成的：

上面 左邊 前方 以内 裏頭 旁邊

(1)語法特點

　　a.可以受形容詞和相應的數量詞修飾。例如：

　　　紅手帕 彎曲小路 新衣服 （形容詞）

　　　一朵花 三條牛 兩個人 （數量詞）

有兩點要注意：(i)像「一草一木」、「五男二女」、「三頭六臂」
等說法雖然常見，但這都是古漢語遺留下來的。在現代漢語裏，數
詞不能直接用在名詞前面，中間一定要加上量詞。(ii)表示人的名詞
可以加複數詞尾「們」表示多數，例如「孩子們」、「老師們」、
「人們」……。但加了複數詞尾「們」之後，該名詞前面就不能再
用數量詞修飾了，例如「五個記者們」*、「三個演員們」*，因爲
偏量、全量一起並用是互相矛盾的。

　　b.不受副詞修飾。

　　一般來說，名詞不受副詞修飾。我們可以說「一本書」、「新書」，但不能說「不書」*、「很書」*、「十分書」*，這是漢語名詞的通則。至於「不男不女」、「不中不西」是古漢語用法，不在此例。但也有比較特殊的情況：(i)表示時間的名詞作謂語時，可以受某些表示時間的副詞修飾。例如「今天<u>才</u>星期一」、「現在<u>已經</u>五點鐘了」。(ii)表示方位的名詞可以受某些副詞修飾。例如「<u>最</u>前面」、「<u>不</u>左」、「<u>不</u>右」。

　　　　c.名詞不能重疊。

　　動詞重疊，例如「看看」，就有「看一下」的短暫意思。而量詞重疊，例如「家家」，則在原來的詞義之上，增加了「每」的意思。但名詞重疊，最常見的只有「媽媽」、「爸爸」、「哥哥」、「姐姐」等家屬稱謂，這些都不過是將原有的名詞疊音而已，沒有加添其他意義。

　　　　d.有些名詞在構詞上帶有詞類標誌，例如「刷<u>子</u>」、「蓋<u>兒</u>」、「甜<u>頭</u>」、「作<u>者</u>」、「指揮<u>家</u>」、「<u>創造性</u>」、「高<u>手</u>」等，但無論詞根的屬性如何，只要帶上這些標誌，都會變成名詞。

　　　　e.方位名詞表示方向位置。單純的方位名詞多與介詞結合組成介賓短語如「從東（來）」、「向前（看）」、「往後（退）」，亦可附在名詞後面，構成方位合成詞，如「夜裏」、「晚上」、「桌上」。而合成的方位名詞則可以附在名詞或短語之後，組成方位短語，如「九龍以南」、「圖書館以外」、「三年以前」。

　　　(2)語法功能

　　a.名詞可以作主語、賓語和定語，一般不能作謂語。例如：

　　　　曹雪芹是紅樓夢的作者。　　　（主語）

　　　　我和媽媽去看電影。　　　　　（賓語）

　　　　香港經濟越來越好了。　　　　（定語）

只在兩種情況下，名詞才可作謂語，那就是：(i)在說明時間、籍貫的句子裏，名詞可作謂語。例如「今天星期三」、「老張廣東人」。(ii)一個對主語加以描寫說明，以名詞為中心的偏正詞組，可以作謂語。例如「他白皮膚」、「爸爸高個子」。

　　b.方位名詞也可以作主語、賓語和定語。例如：

　　　　左也不是，右也不是。　　　　（主語）

　　　　不要只顧前，不顧後。　　　　（賓語）

　　　　以前的誤會一筆勾銷吧！　　　（定語）

　　c.表示時間的名詞與方位詞可以作狀語。例如：

　　　　早上開會。

　　　　大家客廳裏坐。

(二)動詞

　　動詞是表示動作行為、發展變化、心理活動的詞。根據所表示的動作意義，可以將動詞概括為以下幾類：

　　表示動作、行為的：

　　　走　看　叫　跳　笑　學習　討論

　　　認識　安慰　打擊　保護　贊成　解釋

　　表示存在、發展、變化的：

　　　有　存在　出現　產生　擴大　削弱

　　提高　實現　演變　發展　消失　縮小

表示心理活動的：

　　喜歡　害怕　希望　討厭　愛　恨　想

　　抱怨　同情　歧視　體諒　羨慕　打算

表示判斷的（簡稱判斷動詞）：

　　是

表示可能、應該或意願的（簡稱能願動詞）：

　　能　能夠　會　可以　可能　要　必須

　　應該　應當　應該　願意　願　肯

　　敢　需要

表示動作的趨向的（簡稱趨向動詞）：❶

　　來　去　上　下　進　出　回　起

　　上來　下去　進來　出去　回來　起來

(1)語法特點

　　a.一般動詞的語法特點

　　　　(i)受副詞修飾，例如：「<u>不</u>看」、「<u>非常</u>高興」、「<u>經</u>
<u>常</u>學習」。不過程度副詞（「很」、「最」、「十分」等）只能修飾心理活動的動詞，不能修飾一般動詞，例如不能說：「十分學習」＊。

　　　　(ii)動詞一般可以重疊，有各種不同的重疊方式：用肯定否定的重疊方式表示疑問。例如「好不好」、「喜歡不喜

---

❶　《提要》將《暫擬系統》三個動詞附類（判斷動詞、能願動詞、趨向動詞）取消了，詳細原因可參考張先亮（1991），頁44。

歡」。

　　單音節動詞的重疊方式是 AA 式，重疊後表示試一試，做一做的意思。例如「想想」、「看看」。單音節重疊，中間也可加上「一」字，變成「想一想」、「看一看」，意思不變。

　　雙音節動詞的重疊方式是 ABAB 式。例如「研究」、「討論」可分別重疊爲「研究研究」、「討論討論」。意義上與「看看」、「看一看」相當。

　　　　(iii)大多數動詞能帶賓語，稱爲及物動詞，例如「熱愛運動」、「吃飯」。不帶賓語的動詞稱爲不及物動詞。例如「跳得高」、「開心地笑起來了」。

　　　　(iv)動詞一般能帶「著」、「了」、「過」等詞尾，表示動態，例如「拿著書」、「門開著」（進行態）；「走了三趟」、「吃了飯」（完成態）；「去過香港」、「研究過了」（經歷態）。

　　b.三類特別的動詞

　　(i)表示判斷的動詞

　　「是」是現代漢語唯一的一個表示判斷意思的動詞。「是」這個動詞具有一般動詞的語法特點，例如可以用肯定否定的方式重疊「是不是」；可以受否定副詞修飾「不是」；可以帶賓語「你是誰」。當「是」用在句子如「老舍是《駱駝祥子》的作者」時，「是」這動詞的作用是對主語「老舍」和賓語「《駱駝祥子》的作者」作出判斷，主語和賓語所指的事物有同一關係，又或者有從屬關係，例如「中國人是黃種人」。

　　(ii)表示能願的動詞

動詞中表示可能、應該、必須或者願望的詞。例如：

表示可能的：

　　能　能夠　可以　可能　會

表示應該的：

　　應該　該　當　應當

表示必須的：

　　要　得　須　必須

表示意願的：

　　肯　敢　願意

　　表示能願的動詞基本上都具有一般動詞的特點，例如「很願意」、「應該不應該」。比起「是」來，它還可以帶時態助詞「了」，例如「她肯了」。

　　唯一和一般動詞不同的是，表示能願的動詞經常用在其他動詞和形容詞的前面作狀語。因為這樣，又叫做助動詞。例如：「我願意去」、「他應該尊敬老師」。

　　　(iii)表示動作趨向的動詞

　　這種動詞有兩種，一種是單音節的，例如「上」、「下」、「來」、「去」、「進」、「出」等；一種是雙音節的合成詞，例如「上來」、「下去」、「出來」、「進去」等。

　　趨向動詞除了有一般動詞的語法特點外，就是常常用在其他動詞後面作補語，主要表示動作的趨向，並無真正的動作意義。例如「跑過來」、「走下去」、「暖起來」、「醒來了」等。

　　　c.表示存在的動詞

　　這類動詞特別的地方是，雖然它們不像一般動詞表示動作行

爲，但卻具有一般動詞的語法特點，例如「像」和「在」。「像」
和「在」不但可以受副詞修飾，也可以用肯定否定方式重疊，例如
「很像」、「在不在」。除此之外，又可帶賓語，例如「她像媽
媽」、「我在家」。只有一點，就是「像」和「在」都不能帶時態
助詞「著」、「了」、「過」。

　　　除了「像」和「在」之外，存在動詞還有「有」。「有」可以
受否定副詞修飾，但否定形式是「沒有」而非「不有」＊；重疊方
式是「有沒有」，而非「有不有」＊；它可帶時態助詞「著」、
「了」、「過」；它更可帶賓語。

　　　(2)語法功能

　　　　　a.動詞在一定的語境下可以獨立成句。例如：「立
正！」、「站住！」、「走！」、「（這支歌能唱嗎？）能！」。

　　　　　b.動詞主要作謂語，有時也可作主語、賓語和定語。例
如：

> 太陽<u>出</u>來了。　　　　　　（謂語）
>
> 杜鵑<u>叫</u>了。　　　　　　　（謂語）
>
> <u>吹</u>，就是光說不做。　　　　（主語）
>
> <u>游泳</u>是一種很好的運動。　　（主語）
>
> 這裏禁止<u>抽煙</u>。　　　　　　（賓語）
>
> 他停止<u>呼吸</u>了。　　　　　　（賓語）
>
> <u>沉睡</u>的大地終於蘇醒了。　　（定語）

㈢形容詞

表示人或事物的形狀、性質、狀態的詞叫形容詞。

表示人或事物的形狀，例如：

大　小　圓　短　彎曲　巨大　平直　小型

表示人或事物的性質，例如：

紅　熱.軟　苦　優秀　粗糙　老實　勇敢

表示人或事物的狀態，例如：

新　壞　慢　快　急躁　安靜　熟練　矯健

⑴語法特點

　　a.大部分的形容詞能受程度副詞修飾，例如「很快活」、「十分整齊」、「最清楚」、「非常勇敢」等。只有少數形容詞，如「雪白」、「冰冷」、「通紅」等，由於本身已有某些程度的意義，前面就不能再加程度副詞了。

　　b.形容詞也可以重疊。重疊方式有以下幾種：

　　(i)用肯定否定相疊方式表示提問，例如「好不好？」、「苦不苦？」、「英勇不英勇？」。

　　(ii)「AA」式或「ABB」式，例如「紅紅（的）」、「高高（的）」或「紅通通（的）」、「黑壓壓（的）」。

　　(iii)「AABB」式，例如「乾乾淨淨」、「老老實實」。有少部分形容詞也可用「ABAB」式重疊，例如「雪白雪白」、「血紅血紅」、「漆黑漆黑」，重疊後有表示程度加深的意思。

　　(iv)「A 里 AB」式，例如「囉里囉唆」、「古里古怪」、「慌里慌張」。這類方式的形容詞多帶貶義。

　　c.形容詞不能帶賓語。形容詞既不表示動作，自然也就沒有支配對象，不帶賓語。

⑵語法功能

　　a.形容詞最常見是充當修飾成分作定語和狀語，其次則作謂語、補語和主語。例如：

<u>精彩</u>節目　　　　（定語）

<u>熱烈</u>鼓掌　　　　（狀語）

歷史<u>悠久</u>　　　　（謂語）

他跑得<u>快</u>　　　　（補語）

<u>謙虛</u>是一種美德　（主語）

　　b.在一定的語境下，也可單獨成句。例如：「好！」、「奇怪！」

　　名詞、動詞、形容詞是漢語實詞中的三大主要詞類，而其中又以動詞和形容詞的語法特點最相近似。下面試將這三類詞的語法特點作一比較。

區　別　詞　類 語法特徵		名詞	動詞	形容詞
1. 能加數量詞		＋	－	－
2. 能受副詞修飾	不	－	＋	＋
	很	－	干	±
3. 能帶賓語		－	±	－
4. 能重疊		－	AA式 ABAB式	AA式 AABB式
5. 能用肯定否定並列式提問		－	＋	＋
6. 能充當謂語		－	＋	＋

（圖中符號表示：

＋＝能，－＝不能，±＝多數能，干＝多數不能）

圖中所列舉的語法特徵只作簡單提示，詳細內容還得考慮各類詞的細節。能掌握這些語法特徵，對辨別名詞、動詞、形容詞這三類實詞當有幫助。

㈣**數詞**

表示數目的詞叫做數詞。

⑴數詞按它的用途可以分為三類。

　　a.基數和序數

表示數目的多少叫基數，例如：

　　零　一　十　百　千　萬　兩（個）　億

表示次序先後的叫序數，例如：

　　第一　初九　首先　其次

（也可不加「第」的，如：「三樓」、「九月」）

　　b.分數和倍數

分數常用的格式是「幾分之幾」。倍數則由基數詞加量詞「倍」構成，如「一倍」、「五倍」。

　　c.約數和不定數

表示大約數目叫約數。約數的表示法有兩種：一是在基數後加「多」、「把」、「來」、「上下」、「左右」等詞，例如：

　　二百多　百把人　十來里　五千左右

其次是把兩個基數連用，如：

　　三四（個人）　六七（天）

至於表示不定數則通常用「幾」、「若干」、「一些」、「許多」等詞，例如：

　　若干（人）　幾百架（飛機）

⑵語法特點與功能

　　a.在現代漢語裏，數詞一般與量詞合起來使用，不能直接加在名詞前面，例如「三個學生」、「七棵楊柳」。至於像「七手八腳」、「三心兩意」、「千軍萬馬」等用法，那是文言成語的習慣。

　　b.計數時，數詞可作主語或賓語，例如「十是五的兩倍」、「三三該九」。

⑶數詞的一些用法

　　a.現代漢語在表示數目的增加和減少時都有不同的表示方法

　　　(i)增加表示法。數目增加，多用倍數表示。如果用「增加（了）」、「增長（了）」、「上升（了）」、「提高（了）」等詞表示數目增加的話，則計算時應不包括底數，只指淨增數。例如從十增加到五十，應說成「增加了四倍」，不能說成「增加了五倍」。

　　如果用「增加到」、「增長到」、「上升到」等詞表示數目的增加，則計算時要包括底數，指增加後的總數。例如從十增加到五十，則要說成「增加到五倍」，而不是「增加到四倍」。

　　　(ii)減少表示法。當我們說「減少（了）」、「降低（了）」、「下降（了）」時，指的是差額。例如從十減少到一，就要說「減少了十分之九」，不能說「減少了九倍」。至於「減少（到）」、「降低（到）」、「下降（到）」，是指減少後的餘數。例如從一百減少到十，以分數計算，應說「減少到十分之一」。

b.「二」和「兩」的用法

(i)表示序數只能用「二」，不能用「兩」，例如「第二名」，不能說成「第兩名」。

(ii)在大多數度量衡的量詞前面，「二」「兩」都可以用，「二斤」、「兩斤」都可以。但在其他量詞前面，就只能用「兩」而不用「二」，例如「兩個人」、「兩棵樹」、「兩件衣服」等。

㈤量詞

表示事物單位和行爲單位的詞叫量詞，主要分爲物量詞和動量詞兩類。

物量詞是表示人或事物的單位詞。漢語的物量詞最爲豐富，是漢語的特色之一。量詞又叫單位詞。現代漢語用來表示事物單位的名稱很多。例如：

度量衡單位

　　尺　里　斗　斤　畝

個體事物單位

　　個　間　條　座　架

集體事物單位

　　幫　類　班　伙　群

借用其他名詞爲單位

　　桶　杯　車　筆　口

動量詞是計算行爲、動作的單位詞。這種量詞數目不多。例如：

　　次　回　番　下　趟　頓　陣　遍

(1)語法特點和功能

　　a.量詞常與數詞連用（稱爲數量詞），例如「一個人」、「走兩趟」。

　　b.單音節量詞可以重疊，表示「每」的意思，如「衣服件件都洗得乾淨」。量詞與數詞結合成數量詞時，也可以重疊，但重疊之後，意思就有不同了，例如「一句一句的往下說。」就表示事物按次序進行。

　　c.表示物量的數量詞經常用在名詞之前，作名詞的修飾成分定語，例如「五本雜誌」、「一枝鋼筆」。表示動量的數量詞則經常用在動詞後面，作動詞的補語，例如「看一遍」、「走三回」、「打一頓」。

　　量詞的使用最好能規範化。有些方言量詞與現代漢語有別，例如粵語說「一隻狗」，現代漢語則說「一條狗」；粵語說「一條魚」，現代漢語則說「一尾魚」。事物與量詞的配合，往往取決於語言習慣。這是學習漢語各種方言時應該注意的。

(2)一些量詞的用法

　　a.除了那些專用量詞如「本」、「個」、「回」、「次」等之外，漢語中許多量詞都是臨時借用名詞來表示物量的，例如「一杯茶」、「一壺酒」、「一桌子人」、「一肚子氣」等。有時亦會借用動詞來表示物量，例如「一挑水」、「一捆書」、「一捧花生」。至於借用名詞來表示動量則有：「咬一口」、「打一拳」、「看一眼」等。

　　b.量詞中有兩個複合量詞，但不常用，那就是「人次」和「架次」。「人次」表物量，「架次」表動量。「人次」用來統計

人數，例如參觀展覽館，第一天三百人，第二天五百人，總計是八百人次。「架次」用來計算飛機出動若干次架數的總和，例如一架飛機出動三次為三架次，三架飛機出動一次也是三架次。

㈥代詞

用來指代人或者事物的名稱、動作行為、性質狀態或數量的詞，叫做代詞。

⑴代詞的種類

按代詞所指代的不同對象，可以分為人稱代詞、疑問代詞與指示代詞。

a.人稱代詞：代替人或事物名稱的詞。例如：

我　你　您　他　她　它

我們　你們　他們　她們　咱們

人　人家　別人　大家　自己

使用上述的人稱代詞，要注意它們的用法：

「我們」和「咱們」——「我們」包括說話人和聽話人雙方在內，也可單指說話人一方；「咱們」就一定包括聽者在內。

「他們」和「她們」——第三人稱複數，全是男性時用「他們」，全是女性時用「她們」，有男有女則用「他們」統稱。

「您」——「你」的敬稱。只用於一個人，表示多數時則仍用「你們」，不用「您們」。

「咱」——北方話裏常見的人稱代詞，意思指自己。複數時是「咱們」。「我們」和「咱們」在實際運用時有分別。「我們」一般專指說話人一方，「咱們」就包括說和聽雙方。

b.疑問代詞：用來提問的詞。例如：

問人或事物：誰　甚麼

問處所：哪　哪兒　哪裏

問時間：幾時　多會兒

問性質、狀態等：怎麼　怎樣　怎麼樣

問數量：幾　多少

下面是一些疑問代詞的用例：

誰告訴你的？

你到底找甚麼？

哪裏是你的學校？

工作怎麼樣？

你有多少本書？

疑問代詞表示疑問時，需要在句末加上問號（？）；表示反問或強調而不要求回答時，則在句末用感嘆號（！）或句號（。），但這時疑問代詞所代替的人或物都是不確定的。例如：

甚麼米養出甚麼人。

誰愛去誰就去。

哪裏有傻得這麼厲害的！

c.指示代詞：用來指示人或事物的詞。例如：

指人或事物：這（些）　那（些）

指處所：這兒　這裏　那兒　那裏

指時間：這會兒　那會兒

指性質、狀態等：這麼　這樣　這麼樣　那麼　那樣
　　　　　　　　那麼樣

指數量：這（麼）些　那（麼）些

特（虛）指：每 各 某 另 別 其他

以下是一些指示代詞的用例：

> 這是茶，那是酒。

> 這裏是文化中心，那裏是音樂館。

> 他的性情一向這樣。

> 這麼些還嫌少？

> 每朵花都漂亮。

> 各人找到了自己的孩子。

指示代詞和人稱代詞不同的地方是，指示代詞可以和量詞合用，例如「這本書」「那本書」，人稱代詞不可以。人稱代詞表達指示時，則會說「我的書」、「你的書」。指示代詞主要由「這」和「那」構成指示的合成詞。「這」指近，「那」指遠。於是區別人時，近用「這個」，遠用「那個」；區別時間時，近用「這會兒」，遠用「那會兒」等。

(2)語法特點和功能

　　a.代詞一般不受別類詞的修飾和限制，例如不能說「十分我」*、「最這」*。不過在書面語裏，有時一些修辭手法也是可以的，例如：

> 剛剛中了六合彩的我，一時之間不知怎麼樣好。

　　b.代詞不能重疊

　　c.人稱代詞加「們」表示多數，疑問代詞和指示代詞除了「哪些」和「那些」以外，都沒有複數表示法。

　　d.代詞功能與名詞相似，只可以作主語、賓語、定語，少數時候可作謂語和狀語。例如：

他實在受不了老王的脾氣。　　（主語）

你看見他嗎？　　　　　　　　（賓語）

這本書是新的。　　　　　　　（定語）

你怎麼啦？　　　　　　　　　（謂語）

你怎麼想？　　　　　　　　　（狀語）

㈦副詞

副詞是用來限制、修飾動詞、形容詞的，主要表示動作行爲與性質的程度、範圍、時間等。

根據副詞的作用，約可分爲六類：

程度副詞：很　挺　更　最　太　極其　非常　較

時間副詞：正在　才　剛剛　時常　漸漸　終於

範圍副詞：都　全　也　凡是　光　單單　僅僅

頻率副詞：間或　偶爾　一再　又　還　每每

否定肯定副詞：不　沒　沒有　別　居然　必　必定

語氣副詞：卻　倒　竟　難道　簡直　莫非　究竟

以上的類別只是大概的區分，至於每種副詞所包含的詞也不是必然的，例如「也」這個副詞，既可以放在範圍副詞，也可以放在頻率副詞。下面是一些副詞的用例：

會議正在進行。

他最怕寫報告。

這是非常精美的設計。

他要我來，我偏不來。

他莫非就是我要找的人？

老師今天也許不來了。

<u>別</u>説了！

(1)語法特點和功能

　　a.副詞一般不能單獨回答問題，例外的只有「不」、「沒有」、「也許」等少數幾個。

　　b.只能修飾動詞、形容詞或者其他副詞，作狀語。

　　c.有一部分副詞能起關聯作用，在句子中前呼後應，例如：

　　　　單用的：説<u>了</u>又説、説清楚<u>再</u>走

　　　　前後配合的：<u>又</u>快<u>又</u>好、<u>越</u>走<u>越</u>快

　　　　與連詞配合用的：不但……還、只有……才、既然……就、即使……也

(2)副詞與形容詞的區分

　　a.由於副詞與形容詞在語法功能上近似，例如兩者都具修飾作用，形容詞除了作定語外，有時也作狀語，因而兩者之間的界限有時容易混淆。下面提供一些區分兩者的方法：

　　　　(i)副詞一般不能單獨回答問題，形容詞可以。例如問：「彈得好嗎？」可以回答：「好」。

　　　　(ii)副詞不能用肯定否定方式重疊來表示疑問，形容詞可以。例如可以說「干脆不干脆」，但不能說「最不最」*。

　　　　(iii)副詞不能作謂語，但形容詞可以，例如「車太快」。

　　　　(iv)形容詞可以修飾名詞，但副詞不能。

　　　　(v)形容詞一部分能重疊，如「歡喜」重疊爲「歡歡喜喜」，但副詞不能。

b.要留意的是，有少數形容詞，在修飾名詞或修飾動詞、形容詞時，不但會引致詞義改變，詞性也會改變。例如：

形容詞	副詞
老人	老哭
白布	白說
好書	好冷
怪事	怪好玩（的）

(3)幾個副詞的用法

幾個常見的副詞，例如「都」、「也」、「只」、「不」、「沒有」、「就」等在用法上都有分別。

a.「都」、「也」、「只」的用法

「都」和「只」都是範圍副詞。「都」總括它前面的成分，而「只」則限制它後面的成分。例如：

這同學數學、化學、生物都學得很好，只有物理學得差一點。

「也」則表示兩事相同。「也」可以用在複句的前後兩分句，或只用在後一分句。例如：

你去逛街，我也去逛街。

飯我也吃，麵我也吃。

b.「不」、「沒有」、「沒」的用法

「不」和「沒有」兩個副詞雖然都表示否定，但有區別。「不」是對動作或性質的否定，修飾形容詞和動詞，例如「不喝」和「不黑」，就是否定「喝」這個動作，和「黑」這種性質。

至於「沒」、「沒有」則有兩種用法：一是否定行爲性狀的曾

經發生，這時「沒」和「沒有」是作狀語。例如「我從沒（沒有）見過這麼好的人。」另一是「沒」和「沒有」本身就是動詞，作謂語中心，否定事物的存在。例如「他沒有名，又沒有利，你愛他甚麼？」我們可以用一對問答句來顯示以上兩者的分別：

喝不喝汽水？　答：「不渴」

見過他沒有？　答：「見過」或「沒見過」

c.「就」的用法

「就」這個副詞可以表示多種意思：

媽媽就到了。　（表示事情在短時間內發生）

他十二三歲就出來工作養家了。　（表示很早已經發生）

說完就走。　（表示兩件事緊接而行）

你說不要做，我就要做。　（表示強調語氣）

他口袋裏就只有那麼幾塊錢。　（表示範圍）

由此可見，同一副詞，它的意思要靠句子的意思才能確定。

d.「卻」的用法

「卻」往往用在一個複句的分句裏，目的表示某動作或行為與前面所說的動作或行為相反，或出乎意料之外。例如：

他讀書一向懶惰，今次的考試成績卻意外的好。

香港島那邊大雨傾盤，九龍這邊卻陽光普照。

(4)副詞的虛實歸類

副詞屬於實詞還是虛詞，一直都是學者們的爭論所在，而且到目前為止，分歧依然存在。歸納起來，副詞有三種的歸類方式：

a.歸入實詞類。例如胡裕樹（1992）、黃伯榮、廖序東

（1991）、邢福義（1997）。

　　b.歸入虛詞類。例如《暫擬系統》與《提要》。

　　c.歸入半實半虛類。例如張志公（1982）。**⑮**

副詞歸類難以判定，與這類詞的特殊性質有關。副詞的特殊性表現在：

　　從意義上看，有些副詞比較實在，例如「將要」、「馬上」等。但總體而言，大多數副詞的意義都是虛的，與「桌子」、「走」、「高興」等具有實在的詞匯意義的實詞不同。

　　從語法特點看，副詞有充當句子成分的能力，例如可作狀語：「非常美麗」；少數又可作補語：「美極了」；有些甚至可以單獨回答問題：「你晚上走？」「不，馬上。」

　　由於副詞具有上述的特殊性，所以作虛實歸類時，就會因學者的側重點不同而出現分歧。從詞的意義看，就會歸入虛詞；從詞的功能看，就會歸入實詞。如果兩種標準並用，就會歸入半虛半實，或半實半虛一類。

㈧**介詞**

　　用在名詞、代詞、名詞短語等前邊的詞，作用在引出動作涉及的對象，或表示行為的方向、處所、時間、和對象。

　　表示方向處所

　　　自　打　從　朝　向　到　至　在　於　沿著　順著　隨著

　　表示時間

　　　從　自從　到　在　當　趁　乘　趕　臨

---

⑮　張志公《現代漢語》（中冊），人民教育出版社，1982。

表示方式、方法、依據

　　按　按照　依照　本著　經　經過　通過

　　據　根據　以　將　憑　用　就　靠　拿

表示原因、目的

　　因　由於　爲　爲了　爲著

表示對象

　　對　對於　關於　替　同　與　跟　和

　　給　叫　讓　被　把　將　管　論

表示比較

　　比　同　跟　和

表示排除

　　除　除了

　(1)語法特點和功能

試看下面的兩組例子：

動詞	介詞
他在家裏。	他在跟媽媽通電話。
我們爲誰？	義工爲貧民服務。
他到過許多地方。	他到國內工作。
這房子向南。	請向東走。
他拿著刀子。	別拿我開玩笑。

從表中的例子可見介詞與動詞的密切關係。可以說，大部分介詞都
是由動詞虛化來的。要了解介詞的特點，最好與動詞作一比較，看

看兩者的不同處,這樣會有助認清兩者的分界。

　　a.介詞是虛詞,沒有實在的詞匯意義,不能單獨使用和回答問題。動詞卻可以。

　　b.介詞必須用在名詞、代詞或短語之前,合成介詞結構的短語,才能充當句子成分。介詞後面所帶的成分也叫賓語。例如「從香港(來)」、「向公司(負責)」、「對他(說)」、「為愛情(犧牲)」。但動詞後面可以不帶賓語,例如不及物動詞。

　　c.介詞不能重疊,不能用肯定否定方式表示疑問。動詞大都可以。

　　d.介詞不能帶時態助詞「著」、「了」、「過」,也不能帶趨向動詞「起來」、「下去」等。動詞可以。至於介詞裏的「為了」、「為著」、「除了」、「沿著」等,整體是一個詞,後面的「了」、「著」只是構詞成分。

　　e.介詞結構除了不能做主語、謂語和定語之外,狀語、補語都能充當,例如:

　　　　站在❶泰山頂上,我不禁潸然下淚。　　(補語)
　　　　對於他的死,誰不感到悲痛呢!　　　(作整句句子的
　　　　　　　　　　　　　　　　　　　　　　狀語)

　　(2)幾個常用的介詞

────────────────

❶　對諸如「站在」、「教給」、「走到」之類的結構,學者有兩種不同的意見,一種認為「在」、「到」、「給」是介詞,與後邊的名詞構成介詞短語;一種認為「在」、「到」、「給」雖是介詞,但與動詞關係緊密,已差不多粘在一起,充當句子的謂語,後面的名詞成了賓語。在這裏筆者採用前者的說法。參考張先亮(1991),頁87。

a.「把」（「將」）

請看下面兩句句子：

我們消滅了敵人。

我們把敵人消滅了。（或：我將敵人消滅了。）

第一句的語序是「主語＋動詞＋賓語」。第二句利用「把」將「敵人」這賓語提在動詞「消滅」之前，意思上有所強調。換句話說，介詞「把」可以令賓語前置。這種句式稱爲「把字句」。

要注意的是，不是凡語序爲「主語＋動詞＋賓語」的句子都可以用「把」將賓語提前的。用「把」的時候要留意，句子的動詞必須是及物動詞，能支配它後面的賓語。一些及物動詞如「在」、「像」、「有」、「知道」、「贊成」、「遇到」等，與所帶的賓語沒有支配關係，就不能用「把」將賓語前置。例如：

我贊成他的說法。

我把他的說法贊成了。*

b.「被」（「給」、「叫」、「讓」）

「被」是表示被動關係的介詞，口語多說成「給」、「叫」、「讓」。例如：

他被人打了一頓。

他給人打了一頓。

他叫人打了一頓。

他讓人打了一頓。

以上四種說法都可以，只是書面上多用「被」，口語則多用「給」、「叫」、「讓」。介詞「被」主要在引進主動者。例如：

人打了他一頓。

他被人打了一頓。

第二句用「被」把動作的主動者介紹出來。不過，有時「被」後面的賓語雖不出現，只要有介詞「被」，就一樣有被動的意思。這種句式在漢語裏稱爲「被字句」。「被字句」與「把字句」的不同處在：

把字句將賓語提前，把字後面必須有賓語；

被字句引進主動者，被字後面的賓語可帶可不帶。

漢語表示被動意思時，不一定要用介詞「被」，有時謂語動詞本身已含有被動的意思，例如：

我挨打了。

他的房子遭了火災。

而且漢語句子即使有被動的涵義，也往往用主動語態表達，這樣更符合漢語的習慣。例如：

書看過了。

茶杯打破了。

　　c.「對於」（「對」）與「關於」

「對」和「對於」主要介紹對象，也可以把賓語提前。例如：

他是新同學，還不了解學校的情況。

他是新同學，對學校情況還不了解。

他天天讀報，十分關心香港的經濟情況。

他天天讀報，對於香港的經濟情況十分關心。

用「對」與「對於」將賓語提前，是爲了強調所介紹的對象。「對」和「對於」用法基本相同。一般能用「對於」的地方，也能用「對」；但能用「對」的地方卻不一定可以用「對於」。例如：

他對我的幫助很大。

我的工作對誰負責？

像以上的兩句裏的「對」就不能換成「對於」。要掌握「對」和「對於」的用法，最好根據這個介詞在句中所出現的位置來判斷。用「對」的，一般都會在主語後、謂語前，很少會在句首。「對於」跟所帶的賓語組成介詞結構時，既可放在句中，也可放在句首，作整句的狀語。如果賓語複雜而長，要把賓語提前加以強調的話，就一定會用「對於」構成介詞結構，擺在句首。例如：

對於老師提出的新課程大綱與德育培訓計劃，學校當局一定會仔細考慮。

「關於」主要用來表示某種範圍，指出所涉及的問題或方面。用「關於」組成的介詞結構大都會放在主語前面。例如：

關於目前的不景氣，誰也沒有解決辦法。

昨天報上刊登了關於香港就業情況的資料。

由於「關於」的作用有時跟「對於」相似，因此在某些句子中，「關於」可以換成「對於」，例如上面的第一例句。但在更多情況下，它們是有區別的。像第二例句，「關於」就不能換成「對於」。「關於」側重於表示範圍，相當於「在……方面」，這時候「關於」就不能換成「對於」。

　　d.「在」和「到」

「在」是現代漢語裏常用的詞。最常見的是用作動詞。例如「我在家」。其實「在」還有另外兩種身份。除了動詞之外，它還可以作副詞和介詞。試看下面的例子：

我在家。　　　　　　　（動詞）

　　　　我在家打電話。　　　　　　（介詞）

　　　　媽媽蹲在地上。　　　　　　（介詞）

　　　　我在看報。　　　　　　　　（副詞）

　　當作介詞時，「在」主要介紹處所。「在」與它後面的「賓語」構成介詞結構，放在謂語的前或後作狀語或補語。

　　「到」也身兼動詞與介詞兩職。例如：

　　　　新年到，可以穿新衣了。　　（動詞）

　　　　媽媽到香港探望舅舅。　　　（介詞）

　　由「到」構成的介詞結構，同樣表示處所和時間。有一點要注意的是，「到」有時也是構詞成分，像「看到」、「感到」、「遇到」、「聽到」等動詞，其中的「到」只是一個構詞成分，不是介詞。❼

　　　　e.「用」和「爲」（「爲了」、「爲著」）

　　「用」是動詞，有「使用」、「運用」的意思。例如：

　　　　（他用甚麼殺人？）　　用手槍。

　　　　他用盡一切辦法，可惜事情依然毫無進展。

　　但當它不表示動作，而表示動作所使用的方式或工具時，「用」就成了介詞。介詞「用」與名詞組合後成爲介詞結構，置於謂語前作狀語。例如：

　　　　他用繩子綑著自己。

　　　　不肯用心聽書的同學，是永遠學不好的。

　　「爲」有兩種職能，讀第四聲時作動詞，讀第二聲時就會變成

---

❼　　張先亮（1991），頁87。

介詞，表示被動。例如：

> 爲誰？　爲媽媽。　　　　　　　　　　　　（動詞）
>
> 他的愛情美夢已爲無情的事實所粉碎。　　（介詞）

　　表被動的「爲」常常與「所」結合成爲一固定格式「爲……
所……」。例如「爲人們所唾罵」，「爲」將主動者介紹出來。

　　介詞「爲」有時在口語裏也說成「爲了」。當它與後面的成分
組成介詞結構時，大多放置句首，修飾整句句子，主要在介紹出動
作、行爲的目的或原因。例如：

> 爲了貫通港九兩地的交通，我們建了三條海底隧道。
>
> 爲了媽媽，我甚麼都答應了。

　　f.「跟」、「同」、「和」

　　「跟」、「同」、「和」的用法有相同也有不同的地方。試看
下圖：

	動詞	介詞	連詞
「跟」	你走慢點，媽媽跟不上。 男的在前面走，女的在後面跟著。	我跟你一起去。 小王跟我通過電話。	老王跟我是同鄉。 哥哥跟姐姐都不見了。
「同」	我倆性格不同。 夫妻倆同甘苦共患難。	我同這事無關。 今早小王同我告別了。	刀叉同筷子任你選擇。 姐姐同妹妹都在學校寄住。
「和」	〔古漢語裏的「和」最初用作動詞，有「拌和」、「連帶」的意思。〕	他和校長見過幾次面。 和你一起看話劇，好不好？	你和他都是我的朋友，無分彼此。 經濟和政治，我兩樣都不懂。

從上圖可見，「跟」、「同」、「和」三詞在職能上並沒有甚麼不同。即使「和」在現代漢語裏不再能單獨用作動詞，但在古漢語裏，「和」是可以獨用的，例如杜荀鶴詩「時挑野菜和根煮，旋斫生柴帶葉燒」裏的「和」，就是動詞。不過在現代漢語裏，「和」作動詞時就會變成雙音節合成詞「混和」、「拌和」了。

　　　g.「比」

　　「比」也有兩種身份，是動詞也是介詞。用「比」時主要是將兩種事物作比較。例如：

動詞	介詞
我們比下棋。	你比我高。
我那能跟你比。	勤勞比懶惰好。
這次比賽，我比輸了。	你比我更認眞。

「比」做介詞時，一般後面都帶名詞構成介詞結構，放在謂語的前面作狀語。但做動詞時，句子裏再沒其他動詞，它本身就是謂語的中心。

　　㈨連詞

　　把詞、短語、句子連接起來的詞叫連詞，主要表示它們之間的各種關係。按連詞的不同作用，可以將連詞分爲三大類：

　　連接詞和短語的：

　　　和　跟　同　與　及　以及　或者　並　並且　而且

　　連接句子的：

　　　不但……而且……　因爲……所以……　與其……不如……

　　雖然……但是……　　如果……那麼……　　不是……就是……

連接單句中兩個成分的：

　　只有……才……　　無論……都……

　　⑴語法特點和功能

　　連詞是純虛詞，沒有實在意義，不做句子成分，不能單獨回答問題。它發揮的是連接作用，對其他的句子成分並沒有修飾或補充的關係。

　　　a.幾組連詞的特點

　　　　(i)「和」、「同」、「跟」；「因為」、「由於」、「為了」

　　　　　以上兩組詞，既可作連詞，也可作介詞。「和」、「同」、「跟」作介詞與連詞的例子已見於介詞部分，不再重述。至於「因為」、「由於」、「為了」用作介詞與連詞的例子則如下圖：

介詞	連詞
①因為你，我才到這裏。	①因為經濟不景氣，不少大企業都裁員了。
②由於交通意外，老李沒了兩條腿。	②由於父親患病，哥哥迫得放下工作照顧他。
③為了愛情，她甚麼都放棄了。	③為了愛他，她離開了同居多年的父母。

　　　　　「和」與「因為」兩組詞的語法功能容易引起混淆，是由於當它們作介詞或連詞的時候，詞的外在形式都一樣。要鑒別它

們的身份，有以下幾種方法：

（a）調換位置

用「和」、「同」、「跟」來連接的成分，構成之後都是並列關係，地位相等的。將這些成分位置前後調換，不會改變原來的意義，但介詞成分就不能調換位置。例如：

①┌ 巴士和地鐵都是香港的主要交通工具。
　└ 地鐵和巴士都是香港的主要交通工具。

②┌ 我跟她通電話。（我給她電話）
　└ 她跟我通電話。（她給我電話）

①組「和」所連接的成分「巴士」與「地鐵」，位置互換之後，原來意義不變，所以「和」在這裏是連詞。②組「跟」連接的成分「我」與「她」，位置互換之後，意義已有改變。所以「跟」在這裏是「介詞」。

（b）插入狀語

連詞只起連接作用，前後成分是並列關係，所以連詞前後不能插入其他修飾成分。介詞則與名詞成分組合之後，充當動詞或動詞短語的修飾語，所以在介詞短語的前面可以插入能願動詞、副詞之類作狀語。例如：

像這樣的朋友，我們怎麼會不願意和她親近呢？

我昨天跟你談過的事辦了沒有？

（c）語音停頓

連詞和介詞的區分，還可以從語音上來鑒別。能夠用

頓號代替的是連詞，不能用頓號的是介詞。例如：

> 小巴、巴士、和地鐵，都是香港人常用的交通工具。
>
> 我們怎麼會不願意、跟他親近呢？*
>
> 我、跟你說過的事做好了沒有？*

(d)對於「因為」一組詞，區分的方法主要看它後面所帶的是甚麼成分。如果後面帶的是名詞性的詞或短語，那麼它是介詞。如果後面帶的是動詞性的詞或短語，那麼它是連詞，因為介詞只能和名詞性的成分結合。**⓮**

(ii)「及」、「以及」、「與」

「與」原來是文言詞，如今書面語裏仍然使用，跟「和」一樣，「與」可以連接名詞、代詞，有時也可連接「動詞」、「形容詞」。例如：

> 對他的成就，我們都感到無比的鼓舞與欽敬。
>
> 父親與弟弟常常為了一點小事而爭拗。

「及」和「以及」主要用來連接意義上並列的成分。「及」與「以及」不同之處在：「及」只連接並列的名詞性成分，例如「旅遊業及服務性行業是香港財政的主要來源」；「以及」則不僅可連接名詞性成分，也可連接動詞、介詞短語和分句，且多用於書面語。例如：

> 電飯煲、微波爐、冰箱，以及電視機是香港人必備的家居電器用品。

⓮ 張先亮（1991），頁89-92。

問題是如何產生的，以及最後如何解決，都需要調查研究。

他提了許多意見，其中包括怎樣編寫教材，怎樣指導學生，以及怎樣評估成績等等。

(iii)「而」（「而且」）、「並」（「並且」）

「而」是古代沿用下來的連詞，多用於書面語。「而」一般用來連接形容詞，也可以連接分句，表示轉折或遞進的關係。例如：

今天的會議開得嚴肅而認真。

他的演講短少而精彩。

這裏已經春暖花開，而北方還是大雪紛飛。

「並」（「並且」）一般連接並列的雙音節動詞，表示更進一層的意思。例如：

會議討論並通過了來年的工作計劃。

「並且」則除了連接並列的動詞外，也連接形容詞和分句。例如：

家裏給她弄得齊整、明亮並且溫暖起來了。

海面起風了，並且天色也暗淡下來。

(iv)「或」（「或者」、「或是」、「還是」）

「或」表示選擇關係，多用於書面語，口語裏多用「還是」。例如：

你要吃蘋果還是梨子？

人固有一死，或重於泰山，或輕於鴻毛。

必須有一個人去，你，我，或者小陳都行。

由上可見「或」、「或者」的連接功能，既可連接名詞，也可連接

分句。

　　　　以上的連詞都是用來連接詞和短語的，但也可以用來連接分句。連接分句的連詞有時也叫「關聯詞語」。

　　　　b.連接分句的連詞大都成對使用，令分句之間產生呼應關聯的效果。例如：

　　　　　　他不但聰明，而且勤力。

　　　　　　雖然工作忙，但他仍不忘進修。

　　　　　　因爲他一向關心別人，所以人人樂於接近他。

　　　　　　即使成功機會不大，他也要試一試。

有時連詞並不只限於連接複句中的分句，亦可用來連接主語和謂語、修飾語和被修飾語。例如：

　　　　　　只有這種做法，才是正確的做法。

　　　　　　只有開源節流，才是理財之道。

　　　　　　無論誰，都一樣會這樣做。

　　　　　　無論甚麼時候，都應謙虛謹慎。

　　㈩**助詞**

　　助詞是附在詞、短語或句子上，表示時態、結構或語氣的虛詞。這類詞只有語法意義，而且一般都唸輕聲。助詞主要有四類：

　　結構助詞：的　得　所

　　時態助詞：著　了　過

　　語氣助詞：呢　嗎　吧　了　的

　　比況助詞：似的　一樣

　　　⑴語法特點和功能

　　　　a.結構助詞：「的」（「地」）、「得」、「所」

「的」、「得」、「所」附加在詞或短語上，對中心詞起修飾或補充作用。結構助詞在《暫擬系統》中共有四個：「的」、「地」、「得」、「所」，並指定「的」是定語標誌，「地」是狀語標誌，「得」是補語標誌。自此以後，學者在編寫語法學教材時，助詞「的」、「地」、「得」的使用都有嚴格的分工。不過在實際運用時，「的」和「地」兩個結構助詞有時並不容易掌握。例如：

予以無情的（地？）拒絕

遇到猛烈的（地？）回擊

這是大家辛勤的（地？）勞動的成果

一般認為，如果中心詞是名詞，那麼名詞的修飾語自然用定語標誌「的」；如果中心詞是動詞，那麼動詞的修飾語自然用狀語標誌「地」。但問題是，如果碰到一些難以確定詞性的中心詞，則前面的修飾語的助詞應該用「的」還是用「地」就會有爭議。因為這個緣故，學者們有合併「的」和「地」兩個結構助詞的提議。他們的理據是：

(i)歷史原因——「的」、「地」的區分是從五四時候開始的，當時是由於翻譯上的需要。但在近代漢語裏，例如《紅樓夢》、《儒林外史》之類的文學作品，「的」、「地」都一律作「的」，口語裏也沒有分別。無論用「的」還是「地」都不會引起意義的誤解。

(ii)拼音無別——「的」、「地」的分別只是書寫形式不同，語音則同樣是 de（輕聲）。既然這樣，合併無妨。

81 年《提要》公佈將「的」、「地」合併，在結構助詞一項

內，只有「的」、「得」、「所」三個助詞。不過在教學時，學者認爲可以靈活處理，「地」仍可與「的」合用。本書爲了說明上的方便，將「的」分爲兩類，「的₁」是定語的標誌，「的₂」是狀語的標誌。

(i)「的₁」（定語標誌）

(a)附在詞或短語之後，作定語。例如「木頭的房子」、「我的書」、「新的衣服」、「人家的太太」，其中表示的有領屬關係和修飾關係。在定語和中心語之間，「的」這個助詞加不加上去，有時要取決於想表達的意義和結構上的需要。比如「新的衣服」說成「新衣服」也是可以的。

(b)「的」可以組成「的字結構」。「的字結構」主要是省略了「的」字後的名詞。省略之後，其功能仍然相當於一個名詞。例如：

園子裏擠滿了吃的、説書的、看熱鬧的。

他爸爸是賣菜的。

(c)「的」可以將一個主謂結構的短語名詞化。試比較下面兩句句子：

春天來臨，園子裏百花盛放。　　（主謂短語）

春天的來臨，到處充滿一片生機。　（偏正定語式

短語）

(ii)「的₂(地)」（狀語標誌）

附在動詞、形容詞的修飾成分後面作狀語。例如：

我們必須深入地調查事情的眞相。

新同學熱情地招呼我們。

(iii)「得」（補語標誌）

附在動詞、形容詞後面，表示它後邊的是補充成分，作補語。例如：

你說的我聽得懂。

衣服洗得很乾淨。

「得」的用法，有幾點要留意：

(a)重疊的形容詞作補語，必須用「得」，如「打聽得清清楚楚」、「洗得乾乾淨淨」。

(b)代詞「怎樣、怎麼樣」作補語時，也要用「得」，如「考得怎麼樣？」

(c)副詞只有「很」、「極」可作補語，「很」也要用「得」，如「好得很」；「極」可以不用，如「美極了」。

(d)「記得」、「認得」、「曉得」、「覺得」、「顯得」、「值得」、「省得」、「免得」等詞裏的「得」是構詞語素，不是結構助詞。像「你覺得怎樣？」中的謂語是動賓結構的短語，而「你睡得怎麼樣？」中的謂語則是動補結構的短語，兩者應該分清楚。

(iv)「所」

附在動詞前面，組成「所＋動」的名詞性短語，代替名詞。例如：

所見（＝見到的東西）

所聞（＝聽到的東西）

因爲可以代替名詞，所以也具有名詞的語法特點，能充當主語和賓語。例如：

所說的只是小事而已。　（主語）

這正是我所希望的。　（賓語）

有時也可作定語：

所認識的人都沒有來。　（定語）

　b.動態助詞：「了」、「著」、「過」

　現代漢語的動態助詞有「了」、「著」、「過」三個。動態助詞主要附在動詞後面，表示行為或動作在發展中的哪一階段，是持續性質呢，還是正在開始，又或是已經結束。

　（i）「了」──讀作 le（輕聲），表示動作已經完成。無論是現在、過去或將來都可用「了」表示完成狀態。例如：

雞已經叫了。　（動作已成過去）

別弄髒了衣服。　（動作將來可能發生）

他寫了三天了。　（動作依然持續）

　（ii）「過」──表示行為、動作已成過去，用法有時跟「了」相同。例如「我吃過飯了」與「我吃了飯了」是一樣的。不過要注意的是，「過」一般指動作行為已完成，現在已不繼續，但「了」就不一定。如「我到過美國」和「我到了美國」意思上就有分別。

　「過」也可以用於過去、現在和將來。例如：

我在美國讀過書。　（過去）

不要理她，等她嘗過滋味就不敢再閒話了。　（將來）

他實在沒見過世面。　（現在依然如此）

　（iii）「著」──讀為 zhe（輕聲），表示動作正在進行，行為正在持續。表示這種狀態的動詞有：

站　躺　臥　橫　停　蹲　跪　放　掛　吊　擺　插

例如：

牆上掛著一幅畫。

布袋裏裝著許多小玩意。

有些動詞的後面是不能帶「著」的。不表示持續動作的動詞，如「倒」、「塌」、「毀」等就不能帶「著」。動詞後帶結果補語的動詞，表示行爲再不持續，例如「寫完」、「塡滿」、「放下」等也不能帶「著」。

除了動詞之外，有些形容詞可以帶「著」表示狀態的持續。例如「他苦著臉不說一句話」、「她硬著頭皮去見老師」。

c.語氣助詞

附在句子末尾或句子中間停頓的地方，用來表示不同的語氣。根據不同的語氣，語氣助詞可以分爲四類：

表陳述語氣的：的　了　吧　呢　啊　嘛　啦　嘍　也罷
　　　　　　　也好

表示疑問語氣的：嗎　麼　吧　呢　啊

表示祈使語氣的：吧　呢　啊

表示感嘆語氣的：啊

以上列舉的語氣詞，現代漢語裏最常用的實際上只有六個，即「的」、「了」、「嗎」、「呢」、「吧」、「啊」。下面試將這六個語氣詞分爲三組，對它們的用法作一較詳細的說明。

(i)「了」和「的」

(a)「了」──「了」既是語氣助詞，又是時態助詞，還可以作動詞。例如：

　　　　沒完沒了的，眞囉唆。

　　　　了不得，幹不了。　　　　　┐├（動詞）

　　　　我買了書。

　　　　老王寫了一封長長的道歉信。　┐├（時態助詞）

　　　　他同意我離職了。

　　　　媽媽不再爲妹妹操心了。　　　┐├（語氣助詞）

當「了」放在陳述句末尾，表示確定的語氣時，它是語氣助詞。

　　　　(b)「的」——跟「了」一樣，「的」也用在陳述句末尾，表示確認的語氣。例如：

　　　　他一定會哭的。

　　　　我不會忘記你們的。

語氣助詞「的」與結構助詞「的」的不同地方是：結構助詞「的」放在句子兩個成分之間（即使「的字結構」，也是中間，只是「的」字後面的成分省略了而已），而語氣助詞「的」則放在句尾。陳述句如「他一定會哭的」和「他一定會哭」基本意義不變，但加上「的」這個語氣助詞之後，確認程度加強了。

　　　　「了」和「的」都是表示肯定陳述的語氣詞，但用法並不完全一樣。大約言之，「了」表示變化的情況，而「的」則表示事實本來這樣。比如「我會去的」，指出本來就去的事實，但「我會去了」就不是本來想去，而現在去了。其次，「的」常表示主觀上確信某種事實的推斷，而「了」則只是對事實客觀地陳述。比如：「會下雨的」和「會下雨了」就有所區別。

(ii)「呢」和「嗎」

(a)「呢」可以表示多種不同的語氣：

表示確認的語氣，稍帶誇張的味道。

　　你別瞧他衣衫襤褸，他可是有錢人呢！

表示疑問，常有疑問代詞配合：

　　這怎麼辦呢？你為甚麼要走呢？

用於句中停頓的地方，表示特別強調：

　　他呢，再說也是枉然！你呢，就只會讀書。

(b)「嗎」雖也表示疑問，但它常用在要求對方作肯定或否定回答的是非問句末尾。例如：

　　這本書是你的嗎？

又或者用疑問形式表示肯定的一些反問句，也可以用「嗎」。例如：

　　你以為我不辛苦嗎？

(iii)「吧」和「啊」（「呀」、「哇」、「哪」）

(a)「吧」的用法有兩種。一種用在疑問句末尾，表示估計和猜測的語氣，一種用在祈使句末尾，表示請求、禁止、催促。例如：

　　她三十歲了吧？

　　走吧！

(b)「啊」讀作 a（輕聲）。當與前一個音節連讀時，常會出現音變如「ya」、「wa」、「na」，書面上分別寫成「呀」、「哇」、「哪」。

　　「啊」用在句尾，表示喜怒哀樂的情緒，令句子增添

感情色彩。例如：

> 這是一位多麼高尚的人啊！

> 多好哇！

> 真好看哪！

　　d.比況助詞：「似的」和「一樣」

　　「似的」、「一樣」附在詞或詞組之後，組成比況結構，用來表示比喻。例如：

> 蘋果似的臉，叫人真想咬一口。

> 他像菩薩一樣的坐著，不言不笑。

有時也可寫成「一般」，例如：

> 月光如流水一般。

漸漸地，「像……一樣」、「如……一般」在現代漢語裏成了一個固定的表達方式。

　　㈠嘆詞

　　表示感嘆、呼應的詞。主要有：

> 啊　哎呀　哈哈　呸　哼　唉　哎喲　嘻嘻　嚄　咦

嘆詞的語法特點與功能主要有二：

　　⑴嘆詞獨立於句子結構之外，跟句內的詞不發生任何結構上的關係。

　　⑵嘆詞總是單獨使用，可以用在句首、句尾或句中，書面上用標點符號隔開。例如：

> 咳！我怎麼這樣糊塗！

> 呸！你算是個人嗎？

　　㈡擬聲詞

摹擬自然界和人類社會生活中和種種事物的聲音的詞。例如：

　　摹擬動植物聲音的：嗡嗡，沙沙，咪嗚

　　摹擬自然界中的：轟隆，刷刷

　　摹擬生活事物的：丁當，畢畢剝剝，噼里啪拉

擬聲詞的語法特點和功能如下：

　　⑴能夠重疊。擬聲的雙音節詞不少都可以重疊，例如「樸通樸通（的）」、「丁丁當當（的）」。單音節擬聲詞也可重疊，例如「咩咩（的）」、「當當（的）」。

　　⑵擬聲詞加上結構助詞「的」之後，可以修飾名詞和動詞，換言之，可以作定語和狀語。例如：

　　　　當當的上課鐘聲響起，同學們立即安靜下來。

　　　　小貓咪嗚咪嗚地叫，一定是肚子餓了。

由於漢字不是拼音文字，摹擬人或事物的聲音只能求其近似。有時同一擬聲詞所代表的事物可以超過一個以上。例如「轟隆」就可以同時用來摹擬雷聲、車輪聲、飛機聲和機器聲。另一方面，同一個聲音，有時又會用不同的書寫形式來代表，例如「pū tōng」這個聲音，就可有「卜通」、「扑咚」、「樸通」等幾種寫法。因此，當使用擬聲詞時，最好能運用已有的規範字，不要隨便亂擬，以免引起誤解。

　　擬聲詞又叫象聲詞。在《暫擬系統》中並沒有獨立成類。直到五十年代初期，呂叔湘和朱德熙才明確提出「象聲詞」為漢語詞類之一。不過由於象聲詞的語法特點，在歸類時就有不同的看法。有人認為應歸入嘆詞，有人認為應歸入形容詞。

　　主張歸入嘆詞的理由是：(i)嘆詞與象聲詞都是摹擬聲音的；(ii)

嘆詞與象聲詞都可以作爲句子的獨立成分，不與其他詞語發生結構上的關係。例如：

哎喲！你怎麼啦？

樸通！一隻小青蛙跳進水裏了。

主張歸入形容詞的理由是：雖然象聲詞與嘆詞相近，但經常在句子中充當定語與狀語這點上卻與形容詞接近，所以應歸入形容詞。例如：

鐘聲叮叮噹噹響起來了。

外面傳來嘩嘩啪啪的麻雀聲。

其實決定象聲詞的歸屬，不但要考慮它跟嘆詞與形容詞的相同處，也應考慮它們的相異處。像形容詞能與程度副詞結合是其主要語法特點之一，如「很高興」、「非常認眞」、「十分恭敬」等，但象聲詞卻不能。我們不能說「很樸通*」、「非常轟隆*」、「十分咚咚*」等。又形容詞除了可以充當定語，也可充當謂語，但象聲詞經常只作狀語。至於與嘆詞的不同處是，嘆詞經常放在句子之外，但象聲詞卻並非如此。

由於象聲詞本身的特點，無論歸入嘆詞還是形容詞，都不能顯示它的特殊性。考慮到這個原因，《提要》於是將象聲詞獨立成類，並由「象聲詞」改爲「擬聲詞」。至於擬聲詞在虛實兩大類裏的歸屬問題，也因學者而異。（參考第三章第一節第 2.部分的詞類分類表。）

詞類簡表

詞類			例詞
實詞	名詞	1. 表示人或事物	工人 教室 粉筆 友誼 和平 正義
		2. 表示時間	今天 晚上 早晨 去年
		3. 表示方位	東 西 上 旁 左 前 後 內 以上 南面 旁邊 外頭 前邊 以內 以下
	動詞	1. 表示動作行為	走 笑 討論 保護 熱愛 考慮
		2. 表示判斷	是
		3. 表示能願	會 願意 應該 肯 敢 必須
		4. 表示趨向	來 去 進 出 起來 出去 進來 回去
		5. 表示存在	有 像 出現 增長 變化
	形容詞	表示人或事物的形狀、性質、狀態	大 高 圓 誠實 熟練 壯健 高興 巨型 甜美
	數詞	表示數目	一 二 百 千 十一 一千零五 第一
	量詞	1. 表事物單位	尺 寸 斤 個 隻 雙 對 群
		2. 表示行為的單位	趟 回 遍 架次
	代詞	1. 表示人稱	我 你 您 他 (她、它) 我們 你們
		2. 表示疑問	誰 甚麼 哪 哪些 怎樣 多少
		3. 表示指示	這 那 這些 那些 這裏 這麼 這樣
虛詞	副詞	1. 表示程度	最 很 極 太 非常 十分 大致 過於
		2. 表示時間	才 就 又 再 常 立刻 剛剛 老早
		3. 表示範圍	都 全 凡是 統統 一共 只是 僅僅
		4. 表示語氣	卻 竟 倒 難道 務必 甚而 竟然
		5. 表示否定	不 非 沒有 不必 無須 毫不 決不
	介詞	1. 表示方向時間	自 自從 向 由 在 順著 打
		2. 表示對象	對 對於 關於 替 和 把 被
		3. 表示方式手段	按 依 本著 據 靠 按照
		4. 表示原因目的	因 由於 為了 以 因為
		5. 表示比較	比 同 與 跟 與
		6. 表示排除	除了 除
	連詞	1. 連接詞和短語	和 與 及 以及 並 並且 或 而
		2. 連接句子	不但……而且 雖然……但是 因為……所以 無論……都 只有……才 除非……才
	助詞	1. 結構助詞	的 得 所
		2. 動態助詞	著 了 過
		3. 語氣助詞	的 了 呢 嗎 吧 啦 啊
		4. 比況助詞	似的 一樣
	嘆詞	表示感情或呼喚	哎呀 哼 呸 哈哈 唉 咳
	擬聲詞	摹擬事物聲音	咚咚 叮噹 轟隆 咪嗚 樸通

4. 詞的兼類

漢語的詞，基本上都有固定的類。例如「電燈」、「鉛筆」、「袋子」等是名詞；「走」、「跑」、「跳」等是動詞。不過在實際語言裏，有些詞會同時兼有兩種或兩種以上詞類的特點。這些詞不但語音相同，而且意義相關。這種現象稱爲詞的兼類。詞的兼類現象大都出現在某些名詞、動詞和形容詞中。試看下面的例子：

┌─向老師<u>報告</u>　　　　　（動詞）
└─學術<u>報告</u>　　　　　（名詞）

┌─自然<u>科學</u>　　　　　（名詞）
└─<u>科學</u>方法　　　　　（形容詞）

┌─選舉<u>代表</u>　　　　　（名詞）
└─<u>代表</u>大家　　　　　（動詞）

上面舉的都是兼類的例子。詞的兼類必須具備兩個條件：

㈠語音相同、意義相關。像下面的情況，就不能視爲兼類。因爲語音雖然相同，但意義全無關係，只能視作不同的詞。

┌─<u>白</u>布
└─<u>白</u>跑一趟

┌─<u>別</u>說了
│　分<u>別</u>了
└─把花<u>別</u>在衣襟上

┌─一粒<u>米</u>
└─三十<u>米</u>

```
┌─花草
└─花光了錢
```

㈡兼類的詞須經常具有兩類或兩類以上詞的主要語法特點（包括詞法特點、組合能力與句法功能）。例如「報告」一詞，它既具有名詞的語法特點，也具有動詞的語法特點：

名詞	動詞
1. 可以與數量詞結合 　　一個報告	1. 可以受副詞修飾 　　沒有報告　都報告了
2. 可以受形容詞修飾 　　一個詳盡的報告	2. 可以帶動態助詞 　　報告了　報告過
3. 可以做主語和賓語 　　報告寫得詳細點 　　他寫了個非常精彩的報告	3. 可以重疊 　　報告報告一下
	4. 可以作謂語（且可帶賓語） 　　請你報告一下 　　報告一下你的近況

　　兼類詞雖然具有幾類詞的主要語法特點，但在具體的語言環境中，它卻只能有其中的一種。換句話說，當兼類詞在某一句子的用法是甲類詞時，它就不再是乙類詞。就像「代表」一詞，當它在「選舉代表」裏是名詞的時候，它就不可能是動詞。

　　至於詞的活用，則是指某個經常具有固定詞性的詞，在偶然的情況下改變用法，變成了另一類詞。這種做法往往是爲了修辭上的

趁今天高興，我也白乾一下。

「牛」和「白乾」都是名詞，在這裏暫時用作動詞，為的是令說話人的神氣更加活靈活現而已。

第二節　粵語的詞類及其語法特點

1.　粵語的詞類

粵語和現代漢語（又稱國語或普通話）都是漢語方言。兩種語言以語音差距最大，詞匯和語法方面的差距較少。粵語以廣州話為代表，廣州話有三分之二以上的語詞，其詞義和書寫形式都與現代漢語相同，只是語音不同。對於這部分語詞的語法特點，在現代漢語中已有說明，不再重複。這裏著重討論的是其餘的部分，而這部分是一些較具方言特色的語詞。

粵語的詞類，不同的學者有不同的劃分。下面是幾位學者的分類。⓳

⓳　袁家驊《漢語方言概要》，文字改革出版社，1960，頁 214-231。

高華年《廣州方言研究》，商務印書館，1980，頁 17-204。

饒秉才等《廣州話方言詞典》，商務印書館，1981，頁 304-305。

曾子凡《廣州話・普通話口語詞對譯手冊》，三聯書店，1982，頁 200-304。

又：粵語詞類的項目，曾書並沒有明確指出。筆者這裏乃根據書中曾提到的詞類項目列出。而在詞類項目中，曾書特別用一節談到方位詞。曾氏是否有意將方位詞獨立成類，由於編者未有說明，筆者在列舉曾書的詞類項目時，仍沿一貫辦法，將方位詞附入名詞中。

《漢語方言概要》 1960	《廣州方言研究》 1980	《廣州話方言詞典》 1981	《廣州話普通話口語詞對譯手冊》 1982
1. 名詞	1. 名詞	1. 名詞	1. 名詞
2. 動詞	2. 動詞	2. 動詞	2. 動詞
3. 形容詞	3. 形容詞	3. 形容詞	3. 形容詞
4. 代詞	4. 代詞	4. 代詞	4. 代詞
5. 數量詞	5. 數詞		
	6. 量詞	5. 量詞	5. 量詞
6. 副詞	7. 副詞	6. 副詞	6. 副詞
7. 介詞	8. 介詞	7. 介詞	7. 介詞
8. 連詞	9. 連詞	8. 連詞	8. 連詞
		9. 助詞	9. 助詞
9. 語氣詞	10. 語氣詞	10. 語氣詞	
	11. 嘆詞		10. 嘆詞
	12. 象聲詞		11. 象聲詞

　　粵語詞類項目出現分歧，主要出在語氣詞和助詞、數詞和量詞兩組語詞的分合上。數詞和量詞，袁家驊合為一類，高華年則分為兩類，饒秉才和曾子凡就只設量詞沒有數詞。另一組語氣詞與助詞，根據饒氏和曾氏的分類，饒氏將語法功能近似現代漢語助詞的粵語詞尾，例如「緊」、「住」、「咗」（相當於現代漢語的動態助詞「著」、「了」、「過」）、「嘅」（相當於普通話結構助詞「的」）等獨立為一類，叫做助詞。而「咩」、「之嘛」、「吨」、「嘞」之類，則叫語氣詞。至於曾氏就將上述兩種合在一起，統稱助詞。

　　本節粵語詞類的劃分，在數詞和量詞方面，由於這兩類詞常常連用，可以合為數量詞一類。至於饒氏所分出的助詞和語氣詞，在

分類上接近現代漢語，考慮到兩種語言對比時的方便，本節的粵語詞類亦作同樣的區分。

以下是本書的粵語詞類項目：⑴名詞、⑵動詞、⑶形容詞、⑷代詞、⑸數量詞、⑹副詞、⑺介詞、⑻連詞、⑼助詞、⑽語氣詞、⑾嘆詞、⑿擬聲詞。

2. 粵語詞類的語法特點

2.1 名詞

㈠粵語名詞的語法特點，基本上與現代漢語相同。例如：

⑴名詞一般不能重疊。如果一個單音節名詞重疊，就與現代漢語一樣有「每」的附加意義。例如「日日」、「晚晚」、「喥喥」，指的是「每日」、「每晚」、「每處」。

⑵數詞不能直接與名詞結合，中間必須帶上量詞。但「人」這名詞例外。我們可以說「一人」、「十零人」，而且可以省略數詞「一」，由量詞與名詞直接組合。例如「一隻牛」可以說成「隻牛」。

⑶不受副詞修飾。例如不可以說「啱啱車*」、「最面子*」、「亦月光*」。

⑷可以與介詞結合成介詞短語。例如「喺香港（住）」、「（踎）喺地下」。

⑸名詞表領屬關係時，可以在名詞後面加助詞「嘅」。例如「佢嘅衫」、「我嘅錢」。

㈡粵語名詞較特別處是常有詞頭詞尾之類的附加成分（也叫前綴和後綴）。詞頭多數是「阿」和「老」，例如「阿哥」、「阿

芳」、「老友」、「老襟」。詞尾比較多樣化，最常見的有下面幾個：

　　(1)「仔」

　　表示細小──刀仔　鴨仔　狗仔　耳仔

　　表示輕視──靚[1]仔[20]　妹仔　啞仔　跛仔　友[2]仔

　　名詞標誌，無附加意義──男仔　女仔　肥仔　靚[3]仔　煙仔

　　(2)「佬」

　　指成年男子──泥水佬　麻甩佬　補鞋佬　收買佬

　　表示輕蔑──傻佬　外江佬　戇佬　衰佬　鄉下佬

　　(3)「婆」

　　指成年女子──賣菜婆[2]　事頭婆　煙仔婆[2]　垃圾婆[2]

　　表示不滿或輕蔑──懵婆[2]　八卦婆[2]　肥婆　癲婆[2]

　　(4)「女」

　　指年輕女子──乖女[2]　叻女[2]

　　表示輕視──衰女[2]　傻女[2]　靚[1]女[2]　懵女[2]

　　(5)「妹」

　　表示憐愛──傻妹[1]　八卦妹[1]

　　名詞標誌──香港妹[1]　北方妹[1]

　　(6)「公」「乸」

　　「公」和「乸」一般都放在名詞後面表示事物的性別。例如

---

[20]　右上角數字為粵語聲調符號，順次為 1＝陰平　2＝陰上　3＝陰去　4＝陽平　5＝陽上　6＝陽去　7＝陰入　8＝中入　9＝陽入，參見第二章注[16]。

「雞公」、「雞嫲」、「貓公」、「貓嫲」。這兩個附加成分多用在動物身上。不過有時也會用於人。例如「衰公」、「盲公」、「伯爺公」、「婆嫲」、「後底嫲」。

2.2 動詞

㈠粵語動詞可以分為兩組，**㉑**一組是非動作動詞，一組是動作動詞。非動作動詞包括：

表心理狀態的：識　知　稔　嬲　鍾意　開心　憎　怕

表判斷和聯繫的：係　姓　似

表存在的：有　冇　喺　响

表能願的：會　要　肯　得　應該　應份

非動作動詞的語法特點與現代漢語大致相同。例如：

(1)可以受副詞和否定副詞修飾。例如：「好開心」、「唔開心」、「唔係」、「好似」、「唔會」、「最憎」。

(2)可以有不同的重疊形式。例如：「識唔識」、「鍾唔鍾意」、「稔稔」、「稔一稔」、「怕怕^2（吔）」**㉒**、「有冇」**㉓**。

(3)不能與數詞、動量詞結合。例如：「識一云*」、「喺一云*」、「喺一喺*」。

(4)一般沒有體的標誌。例如不能說「知緊*」、「識起嚟*」。

㉑　此處據高華年（1980）之劃分方式。

㉒　「姓」、「冇」、「喺」、「稔」等都不能加「吔」；「冇」即現代漢語的「沒有」，所以「有冇」也可以看成是重疊的一種形式，參見高華年（1980），頁42。

㉓　同上注。

㈡另一組動作動詞除了具備非動作動詞的語法特點之外，那就是能帶不同的詞尾，而這些詞尾正是動詞體和時間的標誌。粵語動作動詞能帶的詞尾比現代漢語多。現代漢語動態助詞的體貌標誌只有「著」、「了」、「過」，但粵語的動詞詞尾，據張洪年（1972）收錄，共有十多個。對於這些動詞詞尾的屬性，曾、饒、張三人各有不同的看法。張氏對這些動詞的黏附成分視爲詞尾，但曾饒兩人則認爲是助詞。

張氏認爲，助詞與詞尾在語法特點上有明顯的區別：(i)助詞和詞尾雖都不會單獨出現，但詞尾只跟詞結合，而助詞則可以跟整個短語或句子結合。例如「食咗飯」的「咗」是詞尾，「食飯嘑」的「嘑」是助詞。(ii)助詞在語音上常常是輕聲的。❷

如果根據張氏的解釋，那麼現代漢語的動態助詞「著」、「了」、「過」都只能算是詞尾，而張所說的粵語助詞，其功能就相近於現代漢語裏的語氣詞。其實粵語動詞的詞尾，有些固然與動詞關係緊密，但有些例如「嘅」（「我嘅書」）、「到」（「開心到死」）、「哋」（「懵懵哋做人都好」）卻不一定出現在動詞後面。這幾個詞的性質大約相當於現代漢語的結構助詞「的」、「地」、「得」。「嘅」雖然也可以放在句子末作語氣詞，但它另一方面的語法功能我們也不應忽略。爲此本書既採用張的做法，將「緊」、「咗」、「住」等視爲詞尾，「嘑」、「之嘛」、「囉」等視爲語氣詞，但「嘅」、「到」、「哋」則另歸入助詞類。

---

❷　參見張洪年《香港粵語語法的研究》，香港中文大學出版社，1972，頁169。

下圖是粵語動作動詞的詞尾的例子和所表示的意義。

體貌詞尾	開始體	「起嚟」「起上嚟」	佢喊起嚟。、 佢嗌起我嚟。 我嬲起上嚟。 我嬲起佢上嚟。	表示動作剛開始
	進行體	「緊」❷⑤	佢食緊飯。 今朝十點鐘,我重瞓緊覺。	表示動作正在進行之中
	持續體	「開」❷⑥	我著開淨色衫,唔慣著得咁感。 佢去開嗰間茶樓執咗笠。	表示一向如此的意思
	存續體	「住」	你隻手攞住乜嘢? 佢望住我笑。	表示動作在進行,但卻沒有動作性,且停於一種存續靜止的狀態
	完成體	「咗」❷⑦	琴日我買咗五本書。 佢沖咗涼喇。	表示動作已經完成
	經歷體❷⑧	「過」	我去過美國。 佢食過蛇肉。	表示動作的經歷只是偶一為之

---

❷⑤ 高(1980)將「開」「住」「貢」都視為進行體詞尾,張(1972)則把「開」視為持續體,「住」為存續體,至於「貢」就沒有提及。

❷⑥ 高持續體詞尾尚有「落去」「落嚟」「著」「埋」四個。張認為「落去」「落嚟」只是複合的方向補語,見張書(1972)頁 114。「著」張未有提及,「埋」則放入其他詞尾中說明。參見張書頁 149-167。

❷⑦ 高完成體詞尾有「親」,張則放入其他詞尾部分說明。此外高以為,表示動作完成還可將動詞唸「高升變調」,例如:「我嚟⁴咯」→「我嚟²咯」。

❷⑧ 除了本文所說的六種體貌詞尾外,高(1980)還有短時體與多回體。可參考高書頁 53-54。短時體與多回體的詞尾如「呀」、「嚟」、「親」、「吓」、「咗」,多與前面之體貌詞尾重複,其中之「翻」、「嚟」,張認為只是方向補語,參見張(1972),頁 113-114。

其他詞尾		「親」	我嚇親。 佢跌親。	表示一種動作在比較突然之下完成，而完成後仍繼續存在
			個仔蹝親就喊。 開親會都要成日。	表示某種動作一經完成，立即會引起一種相應的結果
		「埋」	俾埋我去吖！ 爲咗幫佢，點知累埋自己。	表示動作有「擴充」、「連帶」的意思
			打埋呢鋪先煮飯。 睇埋世界盃，就好去瞓喇！	表示某種進行中的動作，直至完畢爲止
		「晒」	你讀晒書未？ 啲飯食晒喳？	表示範圍的籠統大略
		「起」	傾傾咗，就傾起你。 睇見張相，就想起你。	表示談及或想及某人某事
			由呢一分鐘做起。	表示動作的開始
		「哋」	佢癲癲哋嘅。 我明明哋你講乜嘢喇。	表示狀態的程度，有「稍」、「略」的意思
		「吓」—「吓^{2}」	睇睇吓^{2}書，忽然有人嚟搵我。 傾傾吓^{2}偈，又話去街。	表示動作正在進行時，有另外的事發生
		「吓」—「吓^{5}」	我間中都睇吓^{5}戲㗎。 學過吓^{5}游水咁啦！	表示動作偶一爲之，現在已經不再繼續

根據上圖，粵語動作動詞的詞尾主要分爲兩大類。一類屬「體貌詞尾」，另一類則與動詞的體貌關係不大，在這裏籠統地稱之爲「其他詞尾」。

粵語動作動詞的體約有六種，那就是開始體、進行體、持續體、存續體、完成體和經歷體。圖中所舉有關各體貌詞尾的例子與

解釋都比較簡單,下面試作一點補充。

(1)動詞進行體的詞尾「緊」與持續體的詞尾「開」在「食緊飯」和「食開飯」這兩個短語中,所表示的意思差不多,但有時「緊」與「開」,卻不能互換。例如:

　　我哋食開飯,忽然間叫我哋食麵,點得㗎?

如果將「開」換成「緊」,意思就不同了。

(2)存續體的詞尾「住」並非跟任何動詞都能結合。像「寫住字*」、「行住街*」就不成。但如果在短語後面加上副詞「先」,那麼就差不多任何動詞都能帶「住」。例如:

　　你食住飯先,唔駛等我。

　　你讀住書先,慢慢²至搵嘢做。

(3)完成體詞尾「咗」除了表示動作完成之外,有時也可用於命令句。例如:

　　食咗佢!

　　洗咗件衫!

(4)經歷體詞尾「過」除了表示動作偶一為之,有時也表示將動作「重做一次」。例如:

　　唔該你寫過篇文啦!

　　呢行做唔掂,做過第二行嘞。

(5)至於其他詞尾,例如「晒」、「吓」兩個,也各自有其特別的地方。

「晒」的用法相當靈活,它不但可直接附在動詞後面,也可以附在動補結構後面,像「打爛晒」、「斬斷晒」。有時更可附在形容詞後面,例如「今次衰晒喇!」。

「吓」則不但是動詞詞尾，也可以與形容詞結合，表示「頗」的意思。例如：

幾靚吓[5]，呢個女仔。

幾辛苦吓[5]㗎，日做夜做。

粵語動作動詞的體貌詞尾，在現代漢語裏有時會用時間副詞表示。例如：

┌ 我食㗎飯。
└ 我正在吃飯。

┌ 我食開飯，你等陣至講。
└ 我正在吃飯，你等會再說。

至於「住」、「咗」、「過」三個詞尾，現代漢語就會用時間助詞表示。例如：

┌ 你隻手攞住乜嘢？
└ 你手裏拿著甚麼？

┌ 琴日我買咗五本書。
└ 昨天我買了五本書。

┌ 佢食過蛇肉。
└ 他吃過蛇肉。

2.3 形容詞

㈠粵語形容詞的重疊形式相當多樣化，試看下圖：

單音節重疊	雙音節重疊
1. AA 式 　慢慢²　細細²	1. AABB 式 　顚顚廢廢　清清楚楚
2. AA 哋式 　清清哋　懵懵哋	2. ABAB 式 　鬧熱鬧熱　高興高興
3. AAA 式 　白²白白　紅²紅紅	3. ABB 式或 BBA 式 　黑麻麻　擒擒青
	4. ABC 式 　圓氹氹　尖不甩

單音節形容詞重疊後第一個音節讀爲陰上，在詞義有「很慢」「很細」的意思。但如果重疊後加上詞尾「哋」的話，就只有「略」的意思。再如果一個單音節形容詞平行並列成 AAA 式的話，則強調的味道最重。雙音節形容詞重疊變調的情況較少。

　㈡粵語形容詞表示比較時有不同的方式。初級比較時會在形容詞後加上「啲」這個詞尾。例如「肥啲」、「靚啲」、「好啲」，意指程度加深。其次是通過重疊形式與聲調變化來表示。再就是加上表示程度的副詞。例如：

　　呢件衫靚。

　　呢件衫至靚。

　　呢件衫重靚。

　㈢單音節形容詞修飾中心詞時，有時需要加上助詞「嘅」。例如「紅嘅花」、「肥嘅豬」。

2.4 數量詞

㈠粵語數詞基本與現代漢語相同。只是「二十」和「三十」這兩個數目在口語讀起來會起連音變化。例如「二十」會讀作 ja^6（或 jɛ^6），在書面上則寫作「廿」，「三十」會讀作 sa^1，書面上作「卅」。二十和三十帶零數時，零數不會有音變。例如「二十四」會讀成「廿四」（ja^6 sei^3）。

㈡粵語數詞如果以「一」開首，這個「一」經常省略。「一百三十」可以說成「百三」，「一千五百斤」可以說成「千五斤」。

㈢粵語泛指數詞有「啲」。當「啲」單獨作名詞的定語時，數詞「一」可以省去。例如：

啲餸凍喇！

啲車開得好快。

㈣粵語表示約數數詞有「零^2」、「幾」、「鬆」、「度^2」。例如：

佢年紀三十零^{2}啦。

十幾歲咁細！

佢不過五十鬆啲。

五十蚊度^2，算平㗎嘑。

㈤粵語多數量詞連用。要留意的是，粵語的量詞與現代漢語並不相對應。例如粵語說「一隻狗」、「一道橋」、「一督尿」，現代漢語就說「一條狗」、「一座橋」、「一泡尿」。除了物量詞外，粵語也有計算行為單位的動量詞，動量詞放在動詞後面，例如「行一餐」、「斬一刀」、「食一次」等。

㈥粵語量詞有時可以獨用。當獨用時，就有確定指稱的意思。

例如「一架飛機跌咗落嚟」，可以說成：

　　　　㗎飛機跌咗落嚟。

　　表複數時，量詞「啲」也可獨用：

　　　　啲書邊個㗎？

2.5　代詞

　　粵語的代詞按其功能可以分爲四類。

　　㈠人稱代詞

第一人稱：	我	我哋	
第二人稱：	你	你哋	——複數
第三人稱：	佢	佢哋	

粵語的人稱代詞複數詞尾「哋」，只能加在人稱代詞後面，不能加在名詞後面。現代漢語可以說「朋友們」，但粵語就不能說「朋友哋*」。泛指的人稱代詞「人哋」可以代表單數和複數。

　　人稱代詞表示領屬關係時，可在人稱代詞或名詞後面加上助詞「嘅」。例如「你嘅」、「佢嘅」、「我哋嘅」，又或「老友嘅」、「先後嘅」。

　　㈡反身代詞

第一人稱：	我自己	我哋自己	
第二人稱：	你自己	你哋自己	——複數
第三人稱：	佢自己	佢哋自己	

反身代詞「自己」加在「我」、「你」、「佢」後面，一方面表明動作施於施事者自己身上，另一作用是強調動作完全由自己發出。例如：

　　　　我自己坎頭埋牆，有得怨！

　　佢自己唔知幾開心！

㈢指示代詞

　　指示代詞有近指「呢」和遠指「嗰」，相當於現代漢語的
「這」和「那」。「呢」和「嗰」可以與不同的量詞結合來指稱
人、事物、處所、時間、和方式。

　　指人：呢個　呢位　呢啲（複數）

　　　　　嗰個　嗰位　嗰啲（複數）

　　指事物：呢個　呢種　呢樣　呢啲（複數）

　　　　　　嗰個　嗰種　嗰樣　嗰啲（複數）

　　指處所：呢喥　呢處

　　　　　　嗰喥　嗰處

　　指時間：呢陣　呢陣時

　　　　　　嗰陣　嗰陣時

　　指方式：咁樣　咁

　　指性狀：咁

以上「呢」和「嗰」兩個指示代詞，都可與不同的量詞結合，例如
「呢條」、「呢杯」、「嗰隻」、「嗰盒」等。在指示代詞與量詞
之間，如果所指事物的數量是一的話，則數詞「一」可以省去。例
如「呢條魚」、「嗰隻貓」。表示方式的「咁」和「咁樣」，可以
用於近指，也可用於遠指。例如：

　　呢個人等你好耐㗎。

　　嗰種煙好貴㗎！

　　呢陣唔同往陣咁好景呀！

　　咁樣點得呀？

㈣疑問代詞

用來表示疑問的代詞有：

問人的：邊個　邊位　邊啲（複數）

問事物：乜　乜嘢

問處所：邊處　邊喥

問時間：幾時　幾耐

問方式性狀：點　點樣

問原因：點解　乜　（做）乜　（因）乜　（爲）乜㉙

問數量：幾　幾多

例如：

邊個揾佢呀？

邊啲書係今日買㗎？

邊條繩係紅色㗎？

你講乜嘢呀？

2.6 副詞

副詞的功能是充當狀語。粵語中比較常用的副詞有以下幾類：

㈠否定副詞──相當於現代漢語的「不要」、「別」、「不」、「沒有」、「不用」等。例如：

咪走住！

我唔愛佢。

㉙　「做乜」「因乜」「爲乜」中的「做」、「因」、「爲」都是介詞，但當表示疑問時，就常與表示「甚麼」意思的「乜」結合，用來提問。

你冇錢咩？

你唔駛慌，有我喺度。

　　㈡時間副詞——相當於現代漢語的「現在」、「剛才」。例如：

你而家開心啦！

家下我唔知點算好。

正話你阿哥嚟過。

而相當於現代漢語時間副詞「近來」、「前些時」的有：

呢排佢冇嚟。

先排天氣好冷。

先個排行衰運。

先個駁你去咗邊？

相當於現代漢語「從前」、「一向」的有：

舊陣時佢唔係咁嘅。

佢不溜都係咁樣。

　　㈢程度副詞——粵語的程度副詞，位置有時前有時後。例如：

今年重冷過舊年。

佢今日零舍唔同。

呢杯酒我冇飲亦滯。

我隻腳痛得滯。

　　㈣範圍副詞——相當於現代漢語的「全都」、「總共」，又或「僅僅」。例如：

阿哥冚巴郎霸晒。

個個都笑。

我淨係揀瘦嘅食。

(五)語氣副詞──相當於現代漢語的「一定」、「故意」、「難道」、「橫豎」……等。例如：

我聽日梗嚟。

是但邊齣戲都可以睇。

我特登煮俾你食㗎。

唔通佢講嘅嘢係真！

橫掂趕唔到火車，你就留一晚。

除了以上的副詞之外，粵語裏有些副詞還可以重疊，重疊之後，有的會出現變調的情況。例如：「漸漸」讀作「漸漸²」，「慢慢」讀作「慢慢²」。

佢漸漸²明白我嘅苦衷喇。

阿哥慢慢²就會知錯㗎喇。

粵語副詞重疊後，有時又會帶上助詞「哋」，如：

你好好哋²聽阿媽話。

老板輕輕哋²拍咗我一下。

上面例句的「哋」，有時也可以換成「咁」。

你好好咁聽阿媽話。

老板輕輕咁拍咗我一下。

副詞也有用來表示疑問的，例如：

有幾高呀你？

你話佢點好呢？

2.7 介詞

粵語的介詞可以按它所引介的東西來分類。

　㈠引介時間、處所、方向、人物的介詞有:「喺」、「响」、「由」、「打」、「從」、「自」、「離」、「到」、「向」、「對」等。例如:

　　你响香港幾耐?

　　你喺[2]邊處住?

　　佢打深圳嚟。

　　要到下星期先考完試。

　　自舊年起,你就冇返過屋企。

　　我屋企離學校好遠㗎。

　　向左便行就會見到嗰間屋。

　　對人咁好,對我就咁差。

　㈡引介經過、原因、目的和方式的介詞有:「跟住」、「靠」、「因」、「做」、「爲咗」、「因爲」、「爲」、「同」、「幫」、「使」、「用」等。例如:

　　跟住海皮行,包你撞到佢。

　　靠住騎樓底行,就唔會畀野揢倒。

　　因乜喊到咁大聲?

　　做乜笑到見牙唔見眼?

　　爲咗佢乜都肯做。

　　你同我搵吓本護照喺邊喥。

　　佢用布抹乾淨晒啲檯檯櫈櫈。

　㈢表示被動、賓語提前、排除和比較的介詞有:「畀」、「被」、「將」、「連」、「除咗」、「過」等。例如:

　　佢畀人打咗一餐。

由於工作需要，佢被調到另一部門。

將你本書攞出嚟！

連你都唔記得，真係抵打！

除咗佢我乜人都唔信。

今年好過舊年。

玩電腦，你實會叻過我。

2.8 連詞

粵語的連詞可以根據其連接的成分和所表示的關係來分類。

(一)表示聯合關係的連詞有：「同」、「同埋」、「夾埋」、「定」、「抑或」、「或者」、「唔止……重」、「唔係……就係」、「尚且……何況」、「都……何況」。例如：

我同你一齊杯葛佢。

泳衣同埋泳帽都要全部帶齊。

去定唔去，快啲講。

我哋睇戲先抑或食飯先？

佢唔止唔交功課，重走學。

呢件事唔係你做就係我做。

你中學尚且畢唔到業，何況考大學。

(二)表示偏正關係的連詞有：「因為」、「所以」、「事關」、「爲咗」、「免至（免得）」、「但係」、「不過」、「雖係」、「雖然」、「即管」、「若果」、「無論」、「除非……唔係」、「於是乎」、「事關……唔係」、「除非」、「假如」、「不如」、「好似」。例如：

佢有心機教人，所以人人跟佢學嘢。

　　爲咗仔女唔會學壞，佢寧願唔做野看[1]住佢哋。

　　事關你冇回覆，所以佢冇留位畀你。

　　我都係唔去咯，免得老豆又鬧。

　　除非你聽話，唔係就有一餐打。

　　你即管去啦，有我喺嗄。

　　若果雨太大，我就唔走。

　　今日見佢唔到，於是乎我去搵佢。

表示聯合關係和偏正關係的連詞，前者多用來連接地位平列的詞和短語，有時也可連接地位平列或有連貫關係的分句。後者就多用來連接有主從關係的分句。

2.9　助詞

　　現代漢語助詞分爲結構助詞、動態助詞、語氣助詞和比況助詞四類。其中動態助詞在粵語裏由於與動詞關係緊密，本書已將這類詞作爲動詞詞尾，在動詞部分加以說明。至於語氣助詞，本書將它獨立爲語氣詞一類，所以粵語的助詞實際上只有兩種：結構助詞和比況助詞。

　　㈠結構助詞

　　粵語的結構助詞有「嘅」、「到」、「得」、「哋」四個。

　　⑴「嘅」

　　「嘅」相當於現代漢語的「的」。主要用在名詞或代詞後面表示領屬關係。例如：

　　　我嘅書。

　　　阿媽嘅新衫。

「嘅」也可以構成「嘅字結構」，其功能相當於名詞。例如：

老嘅嫩嘅都玩得興高采烈。

有力嘅唔該搬咗佢。

此外，「嘅」也是修飾成分定語的標誌。例如：

咁唔老實嘅人係嫁唔過㗎。

黑色嘅衫唔適合我哋。

「嘅」最特別的一種功能，就是可以令一個主謂結構短語或一個動賓結構短語變成名詞性短語。例如：

> 阿媽笑喇，我哋都鬆咗啖氣。
> 阿媽嘅笑容令我哋暫時放低心頭大石。

> 我食野好多㗎，你哋唔信呀 [4]？
> 我食嘅野好多㗎，之但係唔吸收。

(2)「到」和「得」

「到」和「得」都是粵語補語的標誌。「到」和「得」後面的成分主要是補充說明動作或狀態情況的結果。例如：

佢今晚真係靚得交關。

阿媽知我考到大學，開心到死呀。

喂，你講得唔清唔楚，邊個明呀？

睇佢對老公好到咁，真係服咗佢囉。

如果「到」和「得」後面再沒有其他成分，則「到」和「得」這時再也不是補語標誌，而是一個詞的構詞成分吧了。例如：

佢睇得唔打得，得個樣㗎咋。

我睇到都當睇唔到，你放心啦！

(3)「哋」

「哋」是粵語狀語的標誌，多放在動詞或形容詞前的修飾語後面。例如：

　　你乖乖哋聽阿媽話呀！

　　你趣趣哋認咗佢啦！

　有時「哋」也可換成「咁」：

　　阿媽叫你好好咁做人喎！

　　老板大力咁拍咗我一下。

用「哋」和用「咁」常常是由於語言習慣。一般而言，單音節重疊式的形容詞，「咁」、「哋」都可以與它結合。至於像「大力」之類的形容詞，就不能換成「大力哋*」了。

　㈡比況助詞

　粵語的比況助詞與現代漢語相似，表示方式也是「好似……一樣」。例如：

　　佢聽到消息之後，好似癲咗一樣。

　　佢好似老豆一樣，都係咁高大。

不過有時也會用另一種方式表示，就是將「一樣」改爲「咁」。例如：

　　好似佢咁，鬼都怕啦！

　　佢個面好似蘋果咁，紅朴朴。

2.10　語氣詞

　粵語的語氣詞相當多。語氣詞不能單獨出現，只能跟整個短語或句子結合，放在句末。粵語除了有單音節的語氣詞之外，也有複合語氣詞，而且幾個語氣詞連用的情形相當普遍。下圖所列的都是

粵語的語氣詞。❸

「嘍」、「嘍」 （「囉」、「嘞」、 「咯」、「喇」、 「嚹」）	等你好耐嘍。 我寫咗三封信嘍。 我睇咗戲嘍。	表示完成的語氣
	係嘍，就係佢嘍！ 唔講嘍，係咁先嘍。	表示決斷肯定的語氣
「嘫」、「囉嘫」	好囉嘫，唔好喊囉嘫，就嚟打喋喇。 成百蚊嘫，咁貴都買？	有提醒和勸告的意思
「呀」 （「喳」、「啦」、 「喋」··「哇」、 「哪」）	你幾點鐘㗎呀？ 食飯定食粥呀？	表示疑問
	唔該你好心啲啦！ 走呀！快啲走呀！	表示懇求
	太陽好晒呀！ 好在嗱，有乜人呃！	表示強調
	佢有錯呀⁴，點解要罰佢呢？ 我都話㗎啦，你死都唔信。	表示保証
	阿黃呀！阿黃。 喂，張先生呀？	表示稱呼
	呢度真多嘢玩，睇戲啦，溜冰啦，電子遊戲機啦，卡拉 OK啦，玩到你唔玩。	列舉項目
	老張呀，真係叻，乜都識。	表示停頓
「喎」	佢話病咗唔去得睇戲喎。 你阿媽叫你小心啲喎。	表示重述或轉達別人說話

---

❸　張洪年（1972）將這部分的語氣詞稱爲助詞，爲免與現代漢語助詞的概念混淆，本文將這部分放入語氣詞中。高書（1980）亦稱語氣詞。詳情參見本書動詞部分，及張書（1972），頁 169-193。

「添」	佢點只高過你，重重過你添。 食多碗飯添！	表示增加
「啩」	個天咁暗，唔會落雨啩！ 唔係啩，有咁多啩。	表示揣測
「咩」	你唔係話去街嘅咩？ 你估我唔知咩？	表示驚愕或反詰
「啫」	呢個問題好簡單啫。 得一本書啫。	表示僅此而已
	琴日我撞見佢拍拖啫。 我中咗安慰獎啫。	表示有點「得意」的意思
	點解成日望住我啫。 乜咁衰嘅啫。	女性表示嬌嗔
「嗎」 （「嘛」、「之嘛」）	食煙嗎？ 先生喺處嗎？	正反問的疑問語氣
	我都係話呀嗎[5]。 係咁之嘛，駛乜咁緊張。 我頭先都話嘿嗎[5]，你又唔信。	與別的語氣詞連用，表示強調
「呢」	我係二年級生，你呢？ 幾多點呢？ 貴唔貴呢？	針對某一點表示疑問
	駛乜咁緊張呢？ 點解唔出聲呢？	表示反詰
「嘅」 （「㗎」、「嘅呀」）	呢對鞋著得好耐嘅！ 日日都要食飯嘅。	表示決定性的語氣
「嚟」	去邊處嚟？ 你今朝做乜嚟？ 嗰幾枝野原來係筷子嚟！	表示稍帶驚異
「先」❸	斟杯茶我飲先。 等我打死隻釘到我鬼咁痛嘅蚊先。	表示稍待某一行動先完成再講其他

❸　張（1972），頁 188-190。

「住」	咪斟茶畀佢住。 咪鬧佢住，等我講。 唔好行住，等埋我。	表示暫時停止某種行動
「唄」	間屋起得好兒戲唄。 咪呃得就呃唄，人哋睇穿㗎。	表示惋惜或教訓
「罷²喇」	食飯罷喇。 快啲走罷喇，免得人討厭。	表示提議或勸告
「喺²啦」	總之倒霉喺啦！ 要人聽晒佢話喺啦！	表示無可奈何
「嘅嘑」	明知你唔會做嘅嘑。	
「嘅啫」	咁即係話我唔好嘅啫。	兩個或兩個以上音節的語氣
「添嘅嘑」	我會買多一份報紙添嘅嘑。	詞，所表示的意思都會落在最
「㗎啦嘛」	佢年紀都唔細㗎啦嘛，重唔結 婚。	末的一個語氣詞上
「㗎嘅啫咩」	乜你係佢女朋友㗎嘅啫咩？	
「呀嘛」	你唔係咁衰呀嘛？	

　　粵語的語氣詞在口語裏遠比圖中所列的為多。在日常的口語交際中，由於表達時的語境不同，語氣詞的讀音會相應改變。像「嘍」和「嘑」就衍生出「囉」、「嘞」、「喇」、「咯」、「嚕」，而「呀」亦衍生出「喳」、「啦」、「㗎」、「哇」、「哪」等等。語境不同之外，有時亦由於語音同化的影響。

　　此外，語氣詞如「嘅」、「先」、「住」等也可以分屬他類。像「嘅」既是語氣詞，也是助詞；「先」是語氣詞，也是副詞；「住」是語氣詞，也是動詞詞尾。要區別它們，最重要的是根據其語法功能和在語言片段中的位置。助詞、副詞、詞尾都出現在句中，但語氣詞卻出現在句末。

　　粵語語氣詞最具特色的地方，就是常常兩三個連用，尤其在口

語中，語氣詞連用是常見的。在這點上有點像古漢語的複合語氣詞，例如「而已」、「焉矣」、「而已耳」、「矣焉哉」等。

2.11　嘆詞

粵語的嘆詞，不少是借用語氣詞來表達不同的感情的。粵語的嘆詞、語氣詞和詞尾都屬虛詞，主要用來表示說話者的某種情態。不過細心觀察，它們還是有所分別的。

㈠語氣詞和詞尾都不會單獨出現，但詞尾只與詞結合，而語氣詞就跟整個短語或句子結合。例如：

> 睇咗戲　　　　　（詞尾）
>
> 睇咗戲嘑　　　　（助詞）

㈡語氣詞與嘆詞雖然都與語氣的表達有關，但嘆詞只出現於句首，語氣詞就只出現於句末。例如：

> 吓，你講乜話？　（嘆詞）
>
> 你唔好咁曳吓。　（語氣詞）

出現在句首的嘆詞，與句子不發生任何的結構關係，中間用逗號隔開。例如：

> 車！早知㗎啦！
>
> 唉！都唔知點講好咯！

2.12　擬聲詞

粵語的擬聲詞有單音節、雙音節、三音節和四音節。例如：

單音節：「嘭」、「旁」、「k'waŋ^4」、「tam^2」、「嚓^1」、「tap^7」、「吱」。

> k'waŋ^{4}一聲道門柵埋咗。
>
> tam^{2}一聲隻貓跌咗落水。

粵語單音節與雙音節擬聲詞跟現代漢語不同的地方是在詞的後面常帶「聲」或「一聲」這兩個字。

　　雙音節：沙沙聲　扉扉聲　咪咪聲　隆隆聲

　　　雨落到沙沙聲。

　　　啲風吹到扉扉聲。

　　三音節：嘻哈哈　呼嘭嘭　叮噹噹

　　　你哋嘻哈哈喺喥笑乜野？

　　　細佬哥將啲野打到叮噹噹。

　　四音節：吱吱斟斟　時時沙沙　吱吱喳喳　嘰嘰呱呱　劈歷啪勒　叮呤噹郎

　　　佢兩個喺喥吱吱斟斟，唔知講乜。

　　　麻雀打到劈歷啪勒，叫人點讀書。

粵語的擬聲詞如果是 AABB 式、ABAB 式或 ABCD 式時，後面的「聲」和「一聲」就不必附加。擬聲詞可以充當句子成分。例如：

　　　道門嘭埋咗。　　　　　　　（謂語）

　　　麻雀打到劈歷啪勒，嘈到死。　（補語）

　　　吱吱斟斟咁講野，有乜秘密呀？　（狀語）

第三節　英語的詞類及其語法特點

1.　英語的詞類

　　「詞類」一詞，英語稱爲「parts of speech」。跟漢語一樣，英語的詞也可以按它們的語法功能來分類。傳統上英語分爲八大詞

類。那就是：

　　Noun（名詞）：pen, student, family, judgement

　　Pronoun（代詞）：I, he, she, it, you, my, this

　　Verb（動詞）：laugh, run, give, forget

　　Adjective（形容詞）：beautiful, honest, dark, lazy

　　Adverb（副詞）：quickly, very, before, twice

　　Preposition（前置詞）㉜：in, of, off, to, at, on

　　Conjunction（連詞）：and, but, either……or, ……as soon as……

　　Interjection（嘆詞）：alas, ah, hurral, oh

也有學者根據英語特點，將英語的 article（冠詞）和 numeral（數詞）分出來，獨立成類，令英語的詞類數目增至十類。由於英語的冠詞與數詞的語法功能仍以修飾爲主，具有形容詞的性質，因此，這裏仍按英語八部詞類的傳統，把冠詞與數詞附於形容詞內。

　　如果將現代漢語和英語比較，在詞類的分類與數目上的分別大致如下：

㉜　早期英語裏的 preposition 譯爲前置詞。姚善友《英語語法學》，商務印書館，1978，亦沿用前置詞之名。現在就一般以「介詞」稱之。

現代漢語	英語
1. 名詞	1. 名詞（noun）
2. 動詞	2. 動詞（verb）
3. 形容詞	3. 形容詞（adjective）
4. 數詞	附數詞（numeral）
5. 量詞	冠詞(article)
6. 代詞	4. 代詞（pronoun）
7. 副詞	5. 副詞（adverb）
8. 介詞	6. 介詞（即前置詞 preposition）
9. 連詞	7. 連詞（conjunction）
10. 助詞	
11. 嘆詞	8. 嘆詞（interjection）
12. 擬聲詞	

從上圖可見：(i)漢語沒有英語的冠詞；(ii)漢語量詞獨立成類，但在英語中並非如此；(iii)漢語助詞是英語沒有的；(iv)擬聲詞漢語獨立成類，但英語不設這類，而將之歸入形容詞。這些分別乃就大體而言。即使兩種語言共同都有的詞類，但彼此在內容上和用法上也有許多細微的分別。由於篇幅和本書的重點所限，本文在這裏只能作比較簡單的說明。

2. 英語詞類的語法特點

2.1 名詞（noun）

英語名詞與漢語不同的地方是，英語名詞具有形態變化。通過

形態變化，可以看到它所表示的語法範疇，那就是性（gender）、數（number）和格（case）。

㈠性（gender）

英語可以通過名詞的形態變化來表示名詞所指的性別。例如：

| boy | lion | hero | cock-sparrow |
| girl | lioness | heroine | hen-sparrow |

以上四對例子裏的上項都指陽性，下項都指陰性。在古英語裏，英語名詞除了有陽性（masculine）和陰性（faminine）之分外，還可分為通性（common）和中性（neuter）。不過在現代英語裏，性已不再是個重要的語法範疇，絕大多數名詞都是通性或中性。如果真要強調性的分別，英語名詞會採用幾種方法：

⑴用不同的詞表示：

| man | woman | person |
| boy | girl | child |

⑵加後綴：

| act | actress |
| hero | heroine |

⑶用表示性別的修飾成分表示：

| boyfriend | girlfriend |
| salesman | saleswoman |

第三種方法是現代漢語裏常用的，例如「公雞／母雞」、「男朋友／女朋友」。

㈡數（number）

英語名詞有單數與複數之分。單指一個人或一件事物的名詞會

採用單數的形式（singular number），指多於兩個以上的人或物就
會採用複數的表示方式（plural number）。表示複數的形式有幾
種：

(1)規則的複數形式

boy→boys   cow→cows

class→classes   tax→taxes

baby→babies   pony→ponies

wife→wives   knife→knives

(2)不規則的複數形式

foot→feet   man→men

mouse→mice   child→children

ox→oxen   louse→lice

(3)單複數同樣形式

sheep→sheep   aircraft→aircraft

means→means   salmon→salmon

(4)只有複數的名詞

jeans, pants, drawers, scissors, glasses

(5)合成詞的複數形式

daughter-in-law→daughters-in-law·

toothpick→toothpicks

maid-servant→maidservants

passer-by→passers by

現代漢語裏的名詞，在表示單數和複數時沒有英語那樣複雜，唯一
的複數詞尾「們」也不常用。當名詞前面有一定的數詞修飾時，名

詞後面就不再加上複數詞尾「們」了。例如「三個同學」可以，「三個同學們*」就不可以了。

㈢格（case）

現代漢語名詞和代詞都沒有格的變化，但英語名詞和代詞在詞的形態上仍然保留少量格的變化。所謂「格」是指名詞（或代詞）在句中與其他詞的句法結構關係，而表示方式則是通過詞的形態變化顯示出來的。現代英語名詞有兩種格。

⑴常格（common case）

完全沒有形態變化的名詞形式，稱為常格。有時也稱名詞格變的「零形態」。例如：

Football is a favourite sport in my country.

Everybody likes football.

Is this your football?

上面三句裏的「football」，無論做主語、賓語、或補語都沒有格的形態變化。

⑵屬格（genitive case）

英語表示「所屬」的形式有兩種：

a.利用表示屬格的後綴 -'s 加在有生命的名詞後面。例如 John's book，Daddy's pen。

b.利用介詞 of 表示所屬，一般用在死物上。例如 the cover of the book，the door of the house。

在漢語裏，無論表示所屬者是生物還是死物，都會用結構助詞「的」指出領屬關係。例如「爸爸的新衣」、「房子的大門」。

2.2　動詞（verb）

英語的動詞可以根據不同的標準來區分。首先根據能否單獨充當謂語，可以分為謂語動詞（predicative verb）和非謂語動詞（non-predicative verb）；而謂語動詞根據能否帶賓語，又可分為及物動詞（transitive verb）和不及物動詞（intransitive verb）。此外根據動詞的形態變化的規律性，可分為規則動詞（regular verb）和不規則動詞（irregular verb）。為免分類過於繁複，這裏只就動詞是否需與主語的人稱、數目、以及時間變化一致（agreement）等的要求下來分類。一般英語動詞的形態變化都要相應地符合句子中主語的語法要求，這類動詞稱為限定式動詞（finite verb），能充當謂語。至於沒有人稱、數和時的相應詞形變化，又不能充當謂語的動詞，稱為非限定式動詞（non-finite verb）。

英語動詞是句法中形態變化的核心，它的分類與形態變化極為複雜。與英語相比，漢語的動詞變化就簡單得多。

㈠限定式動詞（finite verb）

請看下面的句子：

① They always find fault with me.

② He and his friend have arrived.

句子①的動詞「find」與句子②的動詞「have arrived」分別都受主語「they」和「he and his friend」的人稱與數的制約，因而各自有相應的詞形變化。基本上陳述句、疑問句、虛擬句和命令句中的動詞都是限定式動詞，因為這類動詞必須跟句中主語的人稱與數的語法要求相一致。

限定式動詞除了與主語一致之外，本身的形態變化也同時表示不同的語法範疇。那就是時（tense）、體（aspect）、態

（voice）、和式（mood）。

⑴時（tense）和體（aspect）

時也叫時態，表示動作行為發生的時間。英語動詞的時，就其形態變化而言有三種，那就是現在時、過去時和將來時。例如：❸

He works.

He worked.

He will work.

漢語自然也有時的概念，但動詞卻沒有形態變化。表達現在、過去、將來時的概念，是用詞匯手段而非語法手段。例如：

我去了。

我已經去了。

我會去。

今天我去了。

昨天我去了。

我明天去。

體也叫情貌，主要表示動作行為的狀態是持續的還是完成的。英語的體有三種，就是進行體（progressive）、完成體（perfect）和一般體（指體的零形式）。例如：

He works.（一般體）

He is working.（進行體）

---

❸　有人認為英語時的範疇並不完整，將來時要加上助動詞 will 來幫助，這已是詞匯手段而不是單單詞本身的形態變化。參考方文惠《英漢對比語言學》，福建人民出版社，1991，頁 107。

He has worked. （完成體）

時和體是屬於兩個不同的語法範疇的。時指動作發生的先後時間，體指動作當時的狀態。英語的限定式動詞，時和體總是結合一起使用，在動詞的形態上都相應有所變化。

(2)態（voice）

態又叫語態，屬於動詞的語法範疇。要表示施事者與受事者的關係，英語動詞的形態也要相應地變化。英語中有兩種語態，就是主動態（active voice）和被動態（passive voice）。如果主語是動作的施事者，就稱爲主動態，如果主語是動作的承受者，就稱爲被動態。試看下面兩句句子：

Mary kills a snake. （主動態）

A snake is killed by Mary. （被動態）

當一句句子由主動態變爲被動態時，被動句中的動詞就會起如下的變化：

Mary kills　a snake.　　→　　A snake is killed　by Mary.

N_1 + V +　　N_2　　　　→　　N_2 + Aux+V(en)+by+N_1

現代漢語表示被動語態的時候，比較常見的形式是：

受事者＋介詞（被）＋施事者＋動詞

一條蛇＋被　　　　　＋瑪麗　＋打死了

不過，被動句的使用，一直以來在漢語裏並不發達。像「碗打破了」、「雞吃過了」、「自行車修好了」、「信寄出去了」等，這些內含被動意思的句子，都不用被動形式表達。用被動句表達，例如「信被寄出去了」反而令人覺得不符合漢語的語言習慣。

英語動詞的時態

	一般	進行	完成	完成進行
現在	I speak you speak he speaks we speak they speak	I am speaking you are speaking he is speaking we are speaking they are speaking	I have spoken you have spoken he has spoken we have spoken they have spoken	I have been speaking you have been speaking he has been speaking we have been speaking they have been speaking
過去	I spoke you spoke he spoke we spoke they spoke	I was speaking you were speaking he was speaking we were speaking they were speaking	I had spoken you had spoken he had spoken we had spoken they had spoken	I had been speaking you had been speaking he had been speaking we had been speaking they had been speaking
將來	I shall speak you will speak he will speak we shall speak they will speak	I shall be speaking you will be speaking he will be speaking we shall be speaking they will be speaking	I shall have spoken you will have spoken he will have spoken we shall have spoken they will have spoken	I shall have been speaking you will have been speaking he will have been speaking we shall have been speaking they will have been speaking

⑶式（mood）

式又叫語氣，也屬於動詞的語法範疇。要表達說話人的態度，英語動詞會起變化。下面是英語常見的四種語氣：

a.陳述式（indicative mood）

We are taught Arithmetic.

He writes legibly.

b.疑問式（interrogative mood）

Are you well?

Have you found your book?

c.祈使式（imperative mood）

Wait here.

Be steady.

Have mercy upon us.

d.虛擬式（subjunctive mood）

If I were you, I should accept the offer.

I wish I were as handsome as he is.

英語表示不同的語氣，除了用語調和語序手段之外，有時還會採用一些特殊的助動詞或動詞的變體（非正常的用法），例如虛擬式就是。漢語表示不同語氣的時候，主要利用語氣詞和適當的語調。

㈡非限定式動詞（non-finite verb）

凡句子中不作謂語的動詞都屬非限定式動詞。這些動詞不受句子主語的限制，在人稱和數的問題上不必與主語保持一致，也沒有時的變化。例如：

┌─ He is a librarian. 　　　　　　　（限定式動詞）
└─ He wants to be a librarian. 　　　（非限定式動詞）

┌─ Mary studies very hard. 　　　　　（限定式動詞）
└─ Mary is urged to study very hard. 　（非限定式動詞）

非限定式動詞常會根據不同的句法功能，表現不同的形式標誌：

⑴帶 to 的不定式（infinitive）

在原來的動詞前加 to，用如名詞或形容詞，可以作主語、賓語、定語、狀語。

To see is to belive.　　　　　　（主語）

Mary likes to swim.　　　　　　（賓語）

This is not the time to play.　　　（定語）

He was lucky to find it.　　　　　（狀語）

英語的 infinitive 雖沒有表示時的形式（主要根據謂語動詞的時），但卻有體和語態。其形式的變化如下：

```
                ┌ 一般體：        to love
                │ 進行體：        to be loving
        主動態 ─┤ 完成體：        to have loved
                └ 完成進行體：    to have been loving

        被動態 ─┬ 一般體：        to be loved
                └ 完成體：        to have been loved
```

⑵分詞（participle）

分詞是在原來的動詞後面加上後綴-ing 或-ed，它是動詞和形容詞的綜合體。分詞分為進行式（加-ing 的稱 present participle）和完成式（加-ed 的稱 past participle）。例子如下：

boiling water　　　　　boiled water

smiling face　　　　　　guided missile

由於分詞同時具有動詞與形容詞的性質，所以亦分別具有動詞和形容詞的部分語法特點。例如：

　a.可以有支配對象

　Hearing the noice, the boy woke up.

　b.可以受副詞修飾

Loudly knocking at the gate, he demanded admission.

c.可以修飾名詞或代詞

Having rested,the mèn continued their journey.

d.可以有比較級

Education is the most pressing need of our time.

至於分詞的功能，可以作定語、表語、狀語。

The man seems worried.	（表語）❸❹
We met a girl carrying a basket of flowers.	（定語）
A rolling stone gathers no moss.	（定語）
She stared at the fallen leaf.	（定語）
Exhausted, they could hardly move a step further.	（狀語）

英語的分詞跟 infinitive 一樣，體和語態也有形態變化：

主動態 ┬─一般體： loving
　　　 └─完成體： having loved

被動態 ┬─一般體： being loved
　　　 ├─完成體： having been loved
　　　 └─過去體： loved

(3)動名詞（gerund）

動名詞在原來動詞的後面加上後綴-ing，主要作主語或賓語，是動詞與名詞的綜合體。例如：

---

❸❹　這裏的「表語」是指傳統語法中，連繫動詞 be 與它後面的成分結合構成的「繫表結構」。但在漢語裏對於用這種方式構成的單位稱爲「動賓」或「動補」結構，動詞後的成分則爲賓語或補語。在本書第五章第三節〈英語句子〉部分，筆者將英語的表語一律稱爲主語補足語。

I like <u>reading</u> poetry.　　　　　　　（賓語）

He is fond of <u>hoarding</u> money.　　　　（賓語）

<u>Giving</u> is better than receiving.　　　　（主語）

Stop <u>playing</u>.　　　　　　　　　　　（賓語）

動名詞的體和態的形態變化是：

主動態 ┬ 一般體：　　loving
　　　 └ 完成體：　　having loved

被動態 ┬ 一般體：　　being loved
　　　 └ 完成體：　　having been loved

　　㈢英語動詞除了根據與主語的人稱、數是否需要一致可區分爲限定式動與非限定式動詞之外，尚有一類不及物動詞，其特點和功能是值得探討的。這類不及物動詞分爲三小類：那就是助動詞（auxiliary verb），情態動詞（modal verb）和連繫動詞（linking verb）。

　　⑴助動詞（auxiliary verb）

　　英語的基本助動詞有三個，分別是 be, do, have。這類動詞沒有具體詞匯意義，它的主要作用是協助主要動詞構成疑問句或否定句、強調句（主要是 do）、時和體（主要是 be、have）和被動語態（主要是 be）。例如：

　　Do you want tea or coffee?　（用助動詞 do 構成疑問句）

　　I don't know who he is.　（用助動詞 do 與否定詞 not 構成否定句）

　　Do come in, please.　（用助動詞 do 構成強調句）

The dog is chasing the cat.　（用助動詞 is 構成進行體）

He has borrowed the book twice.　（用助動詞 has 構成完成體）

His son was killed in the war.　（用助動詞 was 構成被動態）

be, do, have 不作助動詞時，單獨用的時候就是句子的主要動詞，也有一定的詞匯意義。例如：

They do their work well.

I think, therefore I am.

I have a camera.

(2)情態動詞（modal verb）

這是表示說話者態度的詞。雖然它本身有一定詞匯意義，但不能單獨構成動詞短語，必須與主要動詞一起，方能構成動詞短語。情態動詞也可用來構成疑問句和否定句。這類動詞有：shall, will, would, should, may, can, must, ought, dare, need 等。例如：

I shall come tomorrow.

I said that I should go.

We eat that we may live.

He must work.

If I could help you, I would.

Can you type this letter for me, please?

Will you have a cup of tea?

上述在英語裏只有構形作用的助動詞，如 be, do, have，漢語裏沒有

與之相當的詞。**㉟**至於英語中的情態動詞，則與漢語的能願動詞較
爲相似。

　　⑶連繫動詞（linking verb）

　　英語的連繫動詞有 be, seem, become, look 等。雖然它們本身具
有詞匯意義，但不能單獨構成動詞短語，動詞後面必須加上一個補
足成分，即傳統語法中的所謂「表語」（complement）。例如：

　　She looks beautiful.

　　My father seems unhappy about it.

　　The frog became a princess.

在漢語裏，「爲」、「像」、「變爲」等非動作動詞，與上述英語
的連繫動詞的性質與功能相類似。不過在漢語語法架構裏，這些動
詞後面的成分，則會視作賓語而不是表語。

　　特別一提的是英語的連繫動詞 be（am, are, is, was, were）。這
個動詞在漢語裏大約相當於判斷動詞「是」。不過英語的 be，除了
可表判斷（例如「I am a boy」）之外，它還可協助其他動詞構成多
種多樣的形態變化以表示各種的語法範疇（例如：數、人稱、時、
體、態等），因此亦有人稱之爲助動詞。**㊱**

2.3　代詞（pronoun）

　　英語和漢語的代詞數量雖然不多，但使用頻率卻很高。代詞不
僅可以代替名詞和名詞性短語，也有替代動詞、形容詞等實詞的功

㉟　漢語語法書裏所說的助動詞，大都指放在動詞前面的能願動詞或副詞，其
　　實這與英語的助動詞不是一回事。

㊱　參見方文惠（1991），頁 79。

能。英語把代詞分爲八類，就是：

人稱代詞（personal pronoun）：I, you, he, she, it, we, they 等。

物主代詞（possessive pronoun）：my（mine），your, his, her, its, our, yours, their 等。

反身代詞（reflexive pronoun）：myself, yourself, himself, herself, itself, ourselves, yourselves, themselves 等。

相互代詞（reciprocal pronoun）：each other, one another 等。

指示代詞（demonstrative pronoun）：this, that, these, those 等。

疑問代詞（interrogative pronoun）：who, whom, whose, which, what 等。

關係代詞（relative pronoun）：who, whom, whose, which, that 等。

不定代詞（indefinite pronoun）：some, any, many, both, either, neither, all, none, much, each, every 等。

㈠人稱代詞（personal pronoun）、物主代詞（possessive pronoun）、與反身代詞（reflexive pronoun）

用來指代人的代詞叫人稱代詞。人稱代詞在英語裏也有人稱、數和格的形態變化。第三人稱代詞還有性的變化。爲了展示人稱代詞的全貌，在此將物主代詞和反身代詞也一併列入表中，以作比對。

			人稱代詞		反身代詞	物主代詞	
			主格	賓格		形容詞性	名詞性
第一人稱	單數		I	me	myself	my	mine
	複數		we	us	ourselves	our	ours
第二人稱	單數		you		yourself	your	yours
	複數				yourselves		
第三人稱	單數	陽性	he	him	himself	his	
		陰性	she	her	herself	her	hers
		中性	it		itself	its	
	複數		they	them	themselves	their	theirs

這三種人稱代詞的用法，有幾點值得注意：

⑴人稱代詞的主格形式在句中作主語或表語，賓格形式則作動詞或介詞的賓語。例如：

　　She is a teacher of Chinese.

　　It's he who came to see you yesterday.

　　Have you seen her lately?

　　Don't stand in front of me.

不過，在非正式用語中，有時也會有「不規則」的用法。例如：

　　Who is it?　It's me.

　　If I were him, I shouldn't go.

至於代詞 it 的用法，其中一種是用來指代時間、天氣、和距離的。例如：

　　What time is it?　It's four o'clock.

　　It's raining.

在漢語裏，有關自然界的變化，主語常給省略，不像英語必須把 it 放在句首。例如：「打雷了」、「下雨了」。

(2)物主代詞有兩種：一種是表領屬關係的，如 my book, your pen, his mother 等。這種代詞除了表示領屬意義之外，也具備形容詞的性質，對所領屬的人或物起修飾或限制的作用。在漢語裏，表領屬關係用結構助詞「的」，例如「我的書」、「她的鑽戒」。另一種物主代詞是名詞性的。名詞性的物主代詞主要是替代由形容詞性物主代詞與所修飾的名詞加起來之後的名詞短語。例如：

My pen is here. Where is yours? （yours＝your pen）

Today we went in our car, tomorrow we are going in theirs.

(theirs=their car)

(3)反身代詞主要用來複指句子的主語，表示某一行為或狀態與主語屬同一主體。試看下面兩句：

He admires him.

He admires himself.

上一句的 him 與 he 不是同一人，但下一句的 himself 指的是主語自己。在漢語裏，並沒有反身代詞一項，與英語反身代詞相約的代詞，就只有「自己」一個。例如「我不會虧待自己的」。如果用英語翻譯過來，「自己」就會給譯成「myself」了。

㈡相互代詞（reciprocal pronoun）

英語中只有兩對相互代詞短語：each other 和 one another。主要表示動作只涉及所提到的對象之間。例如：

We must help each other.

The couple love each other very much.

Students can learn from one another.

㈢指示代詞（demonstrative pronoun）

英語指示代詞有四個，分別是單數的 this 和 that，複數的 these 和 those。這四個詞既可純粹作代詞，也可作形容詞。在漢語裏，相近的指示代詞有「這」、「這些」和「那」、「那些」。例如：

This is a book.　　　　　　（這是一本書。）

This book is mine.　　　　　（這本書是我的。）

Those are apples.　　　　　（那些是蘋果。）

Those apples are ours.　　　（那些蘋果是我們的。）

㈣疑問代詞（interrogative pronoun）

疑問代詞包括 what, which, who, whom, whose 五個。其中 what, which, whose 又可作形容詞。例如：

Whose is this pen?

Whose pen are you using now?

What is that?

What tape are you listening to now?

要注意的是：

⑴ what 和 which 可以用來指人和物，但 who 只能用來指人。在用 who 或 what 指人的時候，意思不同。who 的意思是誰，而 what 指的是職業。試比較下面兩句：

Who is she?　She is my sister.

What is she?　She is a nurse.

⑵疑問代詞可以作單數，也可以作複數。數的多少主要靠謂語的動詞表示。例如：

Who is he?

Who are they?

(3)疑問代詞 what, which 沒有格的變化。至於 who，則 whom 是其賓格，whose 是其所有格。不過 whom 在任何情況下都只能作賓語。

㈤關係代詞（relative pronoun）

關係代詞有 who, whom, which, that 等。他們的作用主要在引導一個定語從句，修飾或限制名詞短語。例如：

She is the teacher who is going to teach us English.

像以上的複句，基本上由兩個小句構成。「She is the teacher」是句子的主句，「who is going to teach us English」是從句。主句的名詞短語「the teacher」稱為先行詞，從句中的「who」稱為關係代詞。關係代詞與先行詞有一定的對應關係。如果先行詞指的是人，則關係代詞可以用 who, whom, whose, that；如果是物，關係代詞就要用 which, that, whose。例如：

Richard has fallen in love with the girl whom (or that) John loves.

Is this the building which (or that) was destroyed in the earthquake?

關係代詞沒有數的形態變化。關係代詞的數取決於先行詞的數。

現代漢語裏沒有相近於英語的關係代詞。像上面的句子，譯成漢語就會變成兩個簡單句：「里察愛上了那個女子，（她）也是約翰所愛的。」或「這就是那座在地震中給破壞了的建築物嗎？」

㈥不定代詞（indefinite pronoun）

不定代詞表示一定的數量，但數目卻不具體。例如：all, many,

some, few, little, everything, everybody, anybody, someone……等。例
子如：

> I like all of them.

> Many of my students like the novel.

> Everybody will be against your plan.

2.4 形容詞（adjective）〔附數詞（numeral）和冠詞（article）〕

請看下面的例子：

> Sita is a clever girl.

> That's a good suggestion.

> Do you have anything interesting to tell us?

> She is very pretty.

> The baby is asleep.

上面句子中的「clever」，「good」，「interesting」，「pretty」，
「asleep」，都是用來修飾或描繪它後面的名詞，又或補充說明主
語的性狀的。具有這樣功能的詞，稱為形容詞。

可以說，作定語是形容詞的重要句法功能。英語形容詞出現的
位置，可以在它所修飾的中心詞前面，也可在它的後面。例如「a
funny story」和「the third person singular」。除了修飾作用之外，
形容詞又可作句子主語的表語（又稱主語補足語）。例如「The
boy is lazy」。

在語義上，形容詞可以用來表示程度，而相應地，在形式上也
有比較級和最高級之分，例如：long-longer-longest，或 beautiful-
more beautiful-most beautiful，又或 good-better-best。

如果從詞的功能作比較，則漢語的形容詞功能更廣。英語的形容詞只能作定語。當作謂語時，它前面必須帶上 verb to be 構成繫表結構。如果作主語或賓語，詞的形態必須相應起變化。例如「honest」這個形容詞，作主語時要用名詞，因此在形態上就相應地變爲「honesty」：

>   Honesty is a good virtue.
>   She likes beauty.

在漢語裏，形容詞除了有修飾功能之外，也可作謂語，而且不必有任何的形態改變，例如：

>   她很美麗。
>   他非常勇敢。

這種能夠直接充當謂語的詞，有些學者主張把它們併入動詞，改稱「謂詞」。香港的學生因受英語的影響，常將形容詞作表語時的 verb to be 也用在漢語形容詞作謂語的句子內，把「她很美麗」寫成「她是很美麗*」。其實這是有毛病的。當句子加入判斷動詞「是」以後，句子已增加了強調的意義，跟原來的句子「她很美麗」的純粹描述已大大不同了。況且，「她是很美麗」的用法也不符合漢語習慣，句子必須加上「的」這語氣詞，「她是很美麗的」，才是漢語的表達方式。

附類：數詞和冠詞

(1)數詞（numeral）

英語的數詞，傳統語法將它歸入形容詞，但現代英語就將它獨立成一類。至於量詞，英語沒有獨立成類。英語量詞的數目遠遠不及漢語。英語量詞的主要作用，是與數詞合起來充當修飾成分。由

於數詞與量詞性質功能相類，所以在這裏一起引介。

英語和漢語一樣，數詞可分爲基數和序數兩大類。基數詞表示的是人或事物的個數，而序數則表示這些數目的順序。例如：

基數詞：one, two, three, one hundred, one thousand and one……

序數詞：first, second, third, fourth, fifth, sixth……one-hundredth, one hundred and first

英語數詞的基本作用有兩個，一是修飾限定中心詞，如 one book, two cars, the first man, the second longest river；二是在句子中充當主語，賓語，表語（主語補足語），狀語等。例如：

Two of the students are absent today.

Two plus two is four.

The Yellow River is the second longest river in China.

Of the four books recommended by his teacher, he has read two.

現代漢語裏數詞不能直接用在所修飾名詞之前，必須與量詞結合使用，例如「一本書」、「兩把椅子」、「三枝筆」。英語雖無專用的有意義區別的量詞，但也有一些通用的量詞，例如 a piece of 中的「piece」，是專用來限制中心詞的。像：

a piece of ice

a piece of paper

有時也會借用一些度量衡單位或器物名稱作量詞使用，例如：

a ton of coal

three cups of wine

four sheets of paper

a slice of bread

(2)冠詞（article）

形容詞 a（或 an）和 the，傳統都把它們稱為冠詞。從語法功能看，它們都有指示和修飾的作用。

a 或 an 叫不定冠詞（indefinite article），the 叫定冠詞（definite article）。無論不定冠詞或定冠詞，主要的功能都在於確定所修飾名詞的所指意義與範圍。

不定冠詞 a 和 an，使用時放在所指定的單數名詞之前，至於何時用 a，何時用 an，則取決於名詞開頭的讀音。如果名詞的讀音是元音開始，不定冠詞就用 an，否則用 a。例如：

a bus	an apple
a car	an eye
a house	an owner
a cook	an accident

不定冠詞的用法，可以用來指某一類人或事物，也可以表示指稱的人或物並不確定。例如：

A scientist is a person who studies science.

John's father was a taxi driver.

There is a man who wants to see you.

I saw a book on the desk when I came in.

定冠詞 the 的用法，主要是特指某一具體的人或事物。例如：

The book you want is out of print.

I dislike the fellow.

除此之外，the 亦可用來指獨一無二的人或事物。例如：

The sun rises in the east and sets in the west.

The Pacific is the largest ocean of the world.

至於用來類指表示一類人或物，也可以用 the。例如：

The cow is a useful animal.

The reader is advised to pay close attention to the footnotes in this chapter.

有時在某種情況下，冠詞可以不用。譬如在有泛指作用的名詞之前、在專有名詞之前、在抽象名詞之前等。例如：

Man is mortal.

What kind of flower is it?

Hong Kong is a big city.

Newton was a great philosopher.

Wisdom is the gift of heaven.

Virtue is its own reward.

　　冠詞的用法，有時還會使詞匯、短語或句子的意義產生變化。這是應該注意的。例如：

He is <u>in possession of</u> several factories.　（＝He possesses several factories.）

This factory is <u>in the possession of</u> a big company.　（＝This factory is possessed by a big company.）

There is a book <u>in front of</u> the desk.　（在課桌的前方，不在課桌上）

There is a star <u>in the front of</u> the desk.　（在課桌的前面，即貼在課桌前面）

2.5　副詞（adverb）

能修飾動詞、形容詞、副詞以及短語和句子，表示程度、方式、時間、地點以及說話人的態度和看法的詞，稱爲副詞。在英語裏，除了一些單字副詞如 now, then, here, there, often 之外，副詞最普遍的構成方式多是加上 -ly 這個形態單位。此外例如：after→afterward(s), on → onward(s), back → backward(s)，又或 clock → clockwise, like→likewise 等。

根據意義，副詞可以分爲下面幾類：

㈠時間副詞（adverb of time）：early, late, before, now, then……等。例如：

I have heard this before.

We shall begin to work tomorrow.

㈡處所副詞（adverb of place）：here, there, above, below, around, in, out, everywhere……等。例如：

The little lamb followed Mary everywhere.

My brother is out.

㈢情態副詞（adverb of manner）：carefully, carelessly, quickly, slowly, politely, rudely……等。例如：

John reads clearly.

I was agreeably disappointed.

㈣程度副詞（adverb of degree）：pretty, partly, rarely, hardly, nearly, almost……等。例如：

You are partly right.

She sings pretty well.

㈤肯定否定副詞（adverb of affirmation and negation）：surely,

certainly, not……等。例如：

　　Surely you are wrong.

　　I do not know him.

副詞除了修飾單個動詞、形容詞和副詞之外，也可修飾整句句子。使用時，這副詞通常放在句首，並且用逗號隔開。例如：

　　Hopefully, the project will be completed in two months.

　　Unfortunately, we will not go there with you.

跟形容詞一樣，副詞也有比較級和最高級，例如 rarely- more rarely- most rarely。唯一不同是，在最高級的使用中，不需要加定冠詞 the。例如「John works hardest in his class.」。

2.6　介詞（preposition）

㈠介詞的類別與功能

介詞在英語裏又稱前置詞。就句法功能說，介詞的作用是用來表明它所帶的名詞或代詞與其他的詞（或短語）的關係。試看下面的句子：

　　There is a cow in the field.

　　The cat jumped off the chair.

　　I came the day before yesterday.

以上句子中的「in」、「off」、「before」都是介詞。它們在句子中不能單獨使用，必須帶上賓語，組成一個介詞短語。一般而言，介詞的賓語由名詞（或名詞短語）充當。

根據結構，可以將介詞分為三類：

⑴簡單介詞（simple preposition）：at, by, for, from, in, of, off, on, out, through, till, to, up, with……等。

(2)複合介詞（compound preposition）：into, without, inside, outside, beyond, between……等。

(3)短語介詞（phrasal preposition）：in front of, according to, out of, apart from, instead of, owing to……等。

介詞除了與名詞（或名詞短語）搭配使用外，也可與動詞、形容詞搭配，例如：heard of, spoke of, looking for, angry at, anxious for 等。這樣的搭配形式是長期的約定的結果，不能隨意改動。否則不但違反了英語的習慣，有時甚至會引起誤解。例如：

The doctor was <u>anxious about</u> his health.

I am <u>anxious to</u> avoid misunderstanding.

Her parents are <u>anxious for</u> her safety.

介詞短語在句子中可以作定語、狀語、表語（主語補足語）和賓語補足語等。

Can I have a look at the book <u>on the shelf</u>?　　（定語）

The grass was wet <u>with rain</u>.　　（狀語）

In a sense, your argument is <u>acceptable</u>.　　（表語）

Mary is <u>from the United States</u>.　　（表語）

They recognize her <u>as their leader</u>.　　（賓語補足語）

㈡英語介詞與漢語介詞的同異

(1)相同的地方

在漢語詞類一節的介詞部分曾經指出，漢語很多介詞都源自動詞，而在功能上，某些介詞（例如「跟」）與連詞亦頗接近。不過，當它們用作介詞的時候，其語法特點有不少跟英語介詞相似。

　　a.漢語和英語的介詞都屬虛詞。兩者在詞的外在形式上都

不能帶後綴。漢語介詞不會帶「著」、「了」、「過」，英語介詞也不見任何形態變化。

　　b.漢語介詞雖說多源自動詞，但用作介詞之後，就不能如動詞般可以重疊。英語亦然。

　　c.漢語和英語的介詞都不能成為謂語的中心詞，都不能單獨成句。

　　d.漢語和英語的介詞都必須帶賓語，構成介詞結構的短語。

　　e.從語法功能上看，漢語與英語的介詞在句中都可以作狀語、定語等。

　　(2)不同的地方

　　漢語介詞有兩個特徵是英語介詞沒有的。一是漢語介詞有時難以同連詞區分，二是漢語介詞常兼有動詞的特性。

　　a.漢語介詞跟連詞難以區分的情況，可以從下面的例子顯示出來。例如：

　　　　你跟他一塊兒走。

　　這句話若轉譯成英語，是「You go together with him.」，但有時「跟」就只能有一種意思，例如：

　　　　吃飯跟睡覺是兩碼事。

　　在這裏，「跟」就只能譯作「and」，不能譯成「together with」了。

　　b.由於現代漢語裏的介詞很多都具動詞特徵，有時甚至本身就可用作動詞。就像「跟」這個詞，當在句子「我跟著他」時，就是動詞，既可作謂語，又具有動詞可帶助詞「著」、「了」、

「過」的特點。像這類介詞(例如「在」、「給」、「到」),它們的功能正漸漸轉化,有些甚至已轉化成為純介詞了(例如「被」、「把」、「從」.)。

2.7 連詞(conjunction)

英語的連詞跟漢語一樣,都具有連接詞和詞、短語和短語,或小句(clause)和小句的功能,例如:

① Richard and John are good bowlers.

② Two and two make four.

③ God made the country and man made the town.

④ She must weep or she will die.

⑤ My sister is expecting me, so I must be off now.

上面①②句裏的連詞「and」連接的是它前後兩個名詞,③④的「and」和「or」則連接前後兩個小句,至於第⑤句裏的連詞「so」,它連接前後的小句,而這些小句彼此間是從屬關係,所以用的也是表示從屬意義的連詞。

英語的連詞區分嚴格,分為並列連詞(coordinative conjunction)和從屬連詞(subordinative conjunction)兩大類。

並列連詞如:and, but, or, for, therefore, not only……but also, neither……nor, either……or 等。這類連詞所連接的成分,彼此關係對等,無分主次。例如:

On the table for tea there were cakes, biscuits, tarts and sandwiches.

The man is poor, but honest.

Either George or I am to blame.

He is not only foolish, but also obsitnate.

　從屬連詞如：that, if, whether, though, although, because, so that, so……that, as……as 等。這類連詞多用來連接主從式的複句（complex sentence）。兩個小句之間，一句為主句，一句為從句。例如：

I arrived home after he was gone.

As he was not there, I spoke to his brother.

We eat that we may live.

He was so tired that he could scarcely stand.

Mary will go if James agrees to go.

在英語裏，連詞是常用的，有時甚至非用不可。但在漢語裏，連詞則可用可不用。有些漢語複句中幾個分句都可以不用連詞銜接，完全根據上文下理的線索理解，這種做法在漢語裏稱為意合法。例如：

　人幫我，我幫人。

　下雨了，不出去了。

上述的表達方式多見於口語化的日常對話。一旦要表達一些比較複雜的邏輯概念或道理的時候，連詞的使用仍是不可缺少的。由於漢語某些複句連詞在用法和概念上與英語的一些主從連詞相似，結果在運用英語的連詞時，也就會受到漢語連詞使用習慣的影響而誤用。例如漢語複句連詞「雖然……但是」這個固定格式，就常令得人們在運用英語連詞「Although」時，錯誤地在後一小句添上相當於漢語「但是」的 but。至於「因為……所以」這一對連詞，也同樣影響英語「because」的使用。例如：

雖然天下著雨，但是我仍想出去。

Although it is raining, but I still want to go out.*

Although it is raining, I still want to go out. 或

It is raining, but I still want to go out.

因為今天下雨，所以不想出去散步了。

Because it rains, so I won't go out for a walk.*

I won't go for a walk because it is raining .

2.8 嘆詞（interjection）

　　嘆詞是獨立於句子結構之外的詞類。這類詞一般用來表示驚異、讚嘆、懷疑、傷感、惋惜和應答。由於音義結合是任意性的，所以英語和漢語的嘆詞，既不相同，亦不一一對應。

　　英語常用的嘆詞有 oh, ah, well, oh dear, hello, alas, hurrah, haha 等。試看下面的句子：

Hello! What are you doing here?

Alas! He is dead.

Oh! I got the lucky draw.

　　漢語除了嘆詞獨立成一類外，擬聲詞也獨立成一類。擬聲詞英語叫做 onomatopoeia，一般歸入形容詞。像 clashed, chanking, bizzling, miaowing, crack-crack 等，都是英語的擬聲詞。

第四章　短　語

第一節　現代漢語的短語

1.　甚麼是短語

　　兩個或兩個以上的詞，按一定的方式組合起來，充當句子的一個成分的語言單位，這樣的語言單位，就叫短語。

　　短語的短，是基於這種語言單位的結構特點，與它包含多少個詞無關。試看下面的例子：

　　①媽媽笑了。

　　②親愛慈祥的媽媽笑了。

①是句子，雖然短，但具備了完整的主語和謂語。②也是句子，其長度和詞的數目固然比①長和多，且主語「親愛慈祥的媽媽」就比句①整個句子爲長。像「親愛慈祥的媽媽」這個語言單位，單位裏的詞都按一定的方式組合，但組合之後，卻不具備句子形式，在功能上只能充當句子裏的一個成分。這種在結構上比詞爲大，比句子爲小，介乎詞與句子之間的語言單位，叫做「短語」。❶

---

❶　即使具備完整的句子形式，例如主謂短語，但如果該短語在句子中只充當某種句子成分，則這語言單位仍是短語而非句子。像「我知道他的責任很重」一句裏，「他的責任很重」雖然具有完整的句子形式，但由於該片段在句子中只是動詞「知道」的賓語，所以它仍是一個短語。

　　短語由詞組合，所以也稱「詞組」。短語中詞的組合，基本上有兩種方式，一種由實詞與實詞按語序組成，例如「歷史」「悠久」兩個實詞，按不同語序可以組成兩個不同的短語：「歷史悠久」和「悠久歷史」。前者是主謂關係，後者是偏正關係。另一種則由虛詞與實詞組成，例如「在」這個介詞與「香港」這個實詞結合為「在香港」，就成了一個介賓關係的短語。「紅」和「可愛」中間加上結構助詞「得」成為「紅得可愛」，就是一個動補關係的短語。

　　短語因為大都不具備完整的句子形式（除了主謂短語），所以只會充當句子成分。不過，當一個短語帶上語調，在一定的語言環境裏，它也可以成為句子的。例如「真漂亮」這語言片段，放在不同的語言脈絡下，身份也就不同了。

　　　　他真漂亮！　　　（謂語短語）

　　　　真漂亮！　　　　（句子）

漢語的詞和短語在結構上相當一致，我們如果能掌握各合成詞的結構關係，則短語的結構關係也同樣能夠掌握。

　　漢語短語的類別，不同的語法書有不同的分類。❷綜合而言，漢語短語基本上按兩個標準區分。一是按短語的結構分，一是按短語的句法功能分。不過無論按那個標準分類，分出來的小類往往會

---

❷　可參考：　黃成穩（1986），頁102-163。

　　　　　　胡裕樹（1992），頁344-353。

　　　　　　邢福義（1991），頁299-312。

　　　　　　黃伯榮、廖序東（1980），頁325-332。

　　　　　　華宏儀《漢語詞組》，山東教育出版社，1984。

出現彼此重疊的情況。例如按短語的結構分出來的聯合短語，這樣的語言單位同樣會見於按短語的句法功能來分類的名詞短語、動詞短語和形容詞短語的類目中。為免分類上架床疊屋，在這裏將兩個標準整合起來，把短語分為兩大類型，一種稱為向心結構短語，一種稱為非向心結構短語。向心結構短語是分別以名詞、動詞或形容詞為主體（即所謂中心詞），且整個短語的性質和語法功能與中心詞相同（並列短語雖然多核心，但構成的短語，其語法性質和功能亦與各個組成成分相同）。至於非向心結構的短語（如主謂短語、介賓短語、複指短語和固定短語），由於它們的性質和語法功能比較特別，所以另立成類，以便說明。

2.　短語的類型

2.1　向心結構短語

㈠名詞短語

名詞短語是以名詞為主體的短語。名詞短語的結構關係有兩種。一種是以並列方式構成的名詞短語，一種是以偏正方式構成的名詞短語。此外還有兩種比較特別的「的」字短語和「所」字短語。

⑴並列短語

由兩個或兩個以上的名詞並列組合而成（有時也借助連詞「和」、「同」、「以及」等來組合）。例如：

城市和鄉村

個人和集體

理想與現實

老師學生

春夏秋冬

我和你

(2)偏正短語

以名詞爲中心詞（包括時間詞與方位詞），中心詞前面的修飾成分叫定語。充當定語的詞可以各種各樣，只是修飾功能不變。例如：

酒店的侍應生

我的校長

奔馳的列車

雪白的毛衣

這一箱貨物

課室裏❸

深圳河以南

聖誕節以前

(3)「的」字短語

結構助詞「的」字，可以附在詞或短語之後構成「的」字短語，並且可以充當句子成分，而「的」字後面的中心詞大都省略。省略後的「的」字短語，它的性質和句法功能相當於一個名詞或名詞短語。例如：

---

❸ 有些語法書，例如華宏儀（1984）將名詞中的方位詞獨立出來，稱爲方位詞組。

男的喝啤酒，女的喝香檳。

你寫的文章比我的好。

開車的是個女的。

這些衣服全是我的。

和我一同玩的都是從前的同學。

吹到耳邊來的是一陣陣幽怨的笛子聲。

⑷「所」字短語

結構助詞「所」是一個文言虛詞。以它為標誌的「所」字短語也帶有文言色彩。現代漢語「所」有三種結構方式：

　　a.「所」插入主謂短語之中。例如：

　　　凡我所編輯的期刊，銷路都不錯。

　　　我所收藏的古董，都在戰火中失散了。

　　b.「所」插入「的」字短語之中。例如：

　　　我只覺得所看到的簡直不能置信。

　　　爸爸所關心的是哥哥的精神狀態。

　　c.「所」附著於及物動詞之前。例如：

　　　說說你對當前情況的所思所感。

　　　讀了整天書竟然一無所得。

無論「所」字的結構方式怎樣，基本上由「所」字構成的短語都是名詞性的。除了 a. 的「所」有點像只具語法意義的詞頭之外，b. 和 c. 的「所」都有代詞的性質。例如「所看到的」就等於「看到的東西」，「所關心的」就等於「關心的東西」，「所思所感」就是「想到的東西和感受到的東西」，「所得」就是「得到的東西」。「所」的代詞性質由此可見。

「所」字短語同樣具有名詞的語法功能，可以充當句子的定語、主語和賓語。例如：

你所發表的意見，我們一定仔細考慮。　　（定語）

所說的都是無關要緊的事。　　（主語）

這正是所希望的。　　（賓語）

名詞短語的語法功能與名詞相同，可以充當句子的主語、賓語、定語和謂語。除此之外，名詞短語如果加上一定的語調，也就構成名詞非主謂句。例如：

點點燦爛的燈火照得水面通紅。　　（主語）

每個人都有奮鬥的目標。　　（賓語）

碧綠小草上的露水亮晶晶的。　　（定語）

這個孩子短短的四肢。　　（謂語）

年長的談天，年輕的跳舞。　　（主語）

要求於人的甚少，給予人的甚多。這就是松樹的風格。

（主語）

（甚麼時候認識你的？）　　去年的秋天。　　（句子）

只有一個中心語和一個修飾成分的名詞短語是最簡單的名詞短語。如果修飾成分多於一個，換言之定語多於一個以上，名詞短語就會複雜得多。這種情況，叫做短語的擴展。名詞短語擴展之後，結構關係沒有改變，同樣有並列和偏正兩種形式。例如：

並列式 ┬ 天鵝和野鴨→雪白的天鵝和黑漆的野鴨
　　　　└ 山與水→高高的山與藍藍的水

```
        ┌── 不同的水粉畫、油畫、炭畫→不同風格的水粉
        │    畫、色彩鮮明的油畫、光影調和的炭畫
        │   幽美的海濱→風景特別幽美的海濱
 偏正式 ─┤   繁榮的香港→政治穩定經濟繁榮的香港
        │   潔白的牆壁→潔白煥然一新的牆壁
        └── 一座教學大樓→一座新落成的教學大樓
```

有時擴展一個名詞短語可以同時運用幾種方式的，例如：

晚飯桌上擺著鄉親們送來的熱騰騰的蒸紅薯、蔥炒羊肉和滾
燙的新谷米湯。

用圖解分析，這個名詞短語的結構是：

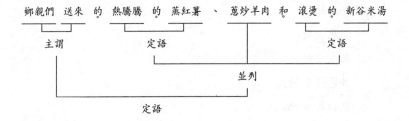

㈡動詞短語

動詞短語是各類短語中結構關係最複雜，結構類型最多的一
種。從結構上看，動詞短語可以分為兩類，一類是並列關係的動詞
短語，一類是以動詞為主體的動詞短語。由於與動詞發生語法關係
的成分頗多，例如修飾動詞的狀語，補充動詞的補語，受動詞支配
的賓語，都與動詞有關，所以動詞短語最為複雜，結構關係也各有
不同。

(1)並列短語

由兩個或兩個以上的動詞並列組合而成（有時也借助「和」、「又」、「邊」等連詞來組合）。例如：

加減乘除　調查研究　吃喝玩樂

邊走邊談　互助合作　又說又笑

(2)偏正短語

動詞前面的修飾語稱狀語，由於中心詞是動詞，所以狀語與中心詞的關係也是偏正關係。能充當動詞狀語的有各種各樣的詞和短語。例如：

熱烈歡迎

上午游泳

一腳踢開

突然大哭

在空中盤旋

神色慌張地走

東拉西扯地說

狀語和中心詞之間，有時要加助詞「地」（也可寫成「的」）❹。助詞「地」的使用有一定的規律性，主要是：(i)主謂短語、固定短語作狀語時，必須用「地」。例如：「滿臉發青地走了」、「莫名其妙地哭起來」。(ii)形容詞重疊或形容詞短語作狀語時，也要用「地」。例如「痛痛快快地說」、「很不高興地走開」。(iii)雙音

---

❹　《提要》將《暫擬系統》的結構助詞「的」、「地」統一為「的」。這裏暫且沿用《暫》的用法。

節形容詞作狀語，大多數用「地」。例如「勇敢地承擔」。

　　動詞短語與名詞短語一樣，中心詞前的修飾成分定語和狀語有時不止一個。有時幾個狀語齊用，一層套一層地遞加在動詞前面。例如：

　　　　這件事情已經在會上向大家詳細地說明了。

用圖解可以顯示上面例子中的動詞短語結構：

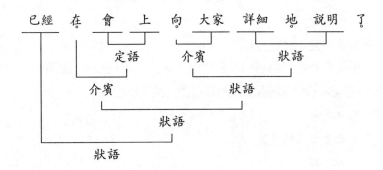

多項狀語的排列次序大致上是：

　　　　原因目的→處所時間→對象→方式狀態→中心動詞

狀語除了用在動詞前作修飾語之外，也可放在句子前面，用來修飾整句句子。例如：

　　　　在我的記憶裏，她永遠是那麼美。

　　　　一到下午，所有人都出去了。

狀語放在句子前面，不直接放在句子的動詞前面，主要作用是爲了突出狀語表示的意思，另一方面是使句子的主語和謂語之間的結構更加緊密。如果將上面兩句的狀語還原在動詞之前，就會變成：

她在我的記憶裏永遠是那麼美。

所有人一到下午都出去了。

在意義上並沒有改變，只是主語和謂語之間的距離拉闊了。

(3)動賓短語

動賓短語的中心詞是動詞，賓語是動詞的支配對象。有的動詞可以帶兩個賓語，一個指人，靠近動詞，稱爲近賓語（也叫間接賓語）；一個指事物，稱爲遠賓語（也叫直接賓語）。例如：

給我 一枝筆

告訴你 一個好消息

動詞賓語除了由名詞或名詞短語充當之外，代詞、動詞、形容詞，或動詞、形容詞兩類短語都可作賓語。例如：

寫文章

欣賞醉人的音樂

回答我

歡迎參觀

請求援助落後國家

找麻煩

需要安靜穩定

由於賓語常被人了解爲動詞的支配對象，於是賓語只能指人或事物。其實這種看法過於偏狹。作爲動詞的賓語，除了部分是動詞的支配對象之外，其餘的賓語，他們所表示的意義是相當廣泛的。例如：

來香港　住酒店　　　　（賓語表示處所）

洗熱水　寫毛筆　　　　（賓語表示所用的工具）

看<u>醫生</u>　曬<u>太陽</u>　　　　（賓語表示動作的發生者）

來了<u>客人</u>　掛著<u>簾子</u>　　　（賓語表示存在的事物）

她是<u>小英</u>　　　　　　　　（賓語表示與主語同一）

他是<u>一個好人</u>　　　　　　（賓語表示主語的質性）

⑷動補短語

動補短語的中心詞是動詞，起補充說明的部分放在動詞之後，叫做補語。例如：

　　送<u>走</u>　殺<u>死</u>　吃得<u>十分飽</u>　踢<u>兩腳</u>

　　拿<u>上來</u>　急得<u>冒汗</u>　喝<u>一聲</u>　寫得<u>好</u>

動補短語的補語一般由動詞或動詞短話、形容詞或形容詞短語、數量詞、代詞、主謂短語和介賓短語充當。助詞「得」是補語的標誌。例如：

　　殺<u>光</u>

　　走<u>上來</u>

　　樂得<u>合不攏咀</u>

　　聽得<u>明明白白</u>

　　去<u>一趟</u>

　　一句話把你氣得<u>這樣</u>

　　氣得<u>滿臉發青</u>

　　他蹲<u>在地上</u>

動詞短語除了可以充當句子中的謂語外，還可以作主語、賓語和定語。

　　<u>他施施然地走進來</u>。　　　　　　　（謂語）

　　<u>想和做怎樣才可以配合起來呢</u>？　　（主語）

我喜歡<u>種植花木</u>。　　　　　　　　　　（賓語）

<u>防止大水</u>的方法是<u>疏濬河床裏的流沙</u>。　（定語）

動詞短語如果加上一定的語調或語氣詞，也可以成爲動詞非主謂句。例如：

禁止吸煙！

出太陽了。

　動詞短語除了上面的並列短話、偏正短語、動賓短語和動補短語等基本結構形式之外，還有三種結構形式特別的動詞短語，那就是連動短語、兼語短語、和能願短語。

(5)連動短語

　同一主語的兩個（或兩個以上）動詞連用，表示一先一後的動作行爲，動詞的次序不能顛倒。例如：

他<u>脫了衣服</u>　<u>跳下水去</u>。

媽媽<u>開車</u>　<u>上街市</u>　<u>買菜</u>　<u>去了</u>。

他<u>低著頭</u>　<u>一步步的往前走</u>。

小明<u>拿著書</u>　<u>走進來</u>。

組成連動短語的動詞可以是兩項，也可以有多項；可以由詞充當，也可以由短語充當。各種類型的短語只要具有作謂語的功能，都可以充當連動短語的組成部分。

(6)兼語短語

　由動賓短語套主謂短語構成。在句子中，同一個詞語既是前一短語的賓語，又是後一短語的主語。例如：

同學們<u>請</u>　<u>老師</u>　<u>再講一遍</u>。

他的勇氣<u>令</u>　<u>人</u>　<u>佩服</u>。

媽媽<u>叫</u> 哥哥 快點開車。

(7)能願短語

由能願動詞加一般動詞或形容詞組成。例如：

他<u>會</u> 來的。

老師<u>應該</u> <u>會</u> 原諒我們的。

哥哥今天<u>定</u> <u>會</u> 釣到大魚。

你<u>應該</u> 堅強一點。

以上三種動詞短語的語法功能主要是充當謂語。除此之外，也可以充當句子的主語、賓語、定語和補語。

連動短語
- <u>賺錢</u> 供養父母是兒女的本份。 （主語）
- 父母們都<u>喜歡用花花草草的名字</u> <u>給</u> 女兒命名。 （賓語）
- <u>賣身</u> 葬父的故事只會見之於古代社 會了。 （定語）
- 孩子們都怕得躲在房裏 <u>不肯出來</u>。 （補語）

兼語短語
- <u>有人請吃飯</u>，我是從來不會推辭的。 （主語）
- 媽媽怕又<u>招祖母生氣</u>，不敢說話。 （賓語）
- 這是多麼<u>令人羨慕</u>的一對！ （定語）
- 哥哥興奮得<u>叫人覺得他有點不對勁</u>。 （補語）

能願短語
- <u>肯幹</u>就有成功的希望。 （主語）
- <u>能吃苦</u>的人，甚麼困難都難不了他。 （定語）
- 願意鑽研是好的，但更重要的還是<u>會</u> 鑽研。 （賓語）

三形容詞短語

形容詞短語可以分爲兩類。一類是並列關係的形容詞短語，一類是以形容詞爲主體的短語，其中包括「形容詞＋補語」、「狀語＋形容詞」、「狀語＋形容詞＋補語」等形式。

(1)並列短語

由兩個或兩個以上的形容詞以並列方式（有時會借助「和」、「而」、「又」等連詞作爲連接的工具）。例如：

　　雄偉壯麗　輕鬆愉快　莊嚴而肅穆

　　勤勞、勇敢和樸素　又快又好

(2)形補短語

形容詞後面帶有補充成分。充當補充成分的詞和短語可以是各式各樣的。例如：

　　紅起來　熱得<u>燙手</u>

　　悶得<u>發慌</u>　好得<u>很</u>

　　高<u>半尺</u>　大<u>三歲</u>

　　餓得<u>肚子叫起來</u>

(3)狀形短語

形容詞前面有修飾成分的狀語。充當狀語的可以是副詞、代詞和介賓短語。例如：

　　<u>十分</u>活潑　<u>最</u>刺激

　　<u>多麼</u>美好　<u>這樣</u>善良

　　<u>比她</u>美　<u>跟火一樣</u>熱情

(4)狀形補短語

形容詞前面有狀語後面有補語。這類形容詞短語，多是用來表

示比較的。例如：

　　　　比她美得<u>多</u>

　　　　比我走得<u>快</u>

　　　形容詞短語可充當所有句子成分，如主語、謂語、賓語、定語、狀語和補語。

　　　他的歌聲<u>響亮而雄壯</u>。　　　　（謂語）

　　　這副對聯對得<u>實在工整</u>。　　　　（補語）

　　　這是<u>多麼深刻</u>的教訓啊！　　　（定語）

　　　香港前景可以預卜<u>一片光明</u>。　　（賓語）

　　　老師<u>認真仔細</u>地回答了我的問題。　（狀語）

　　　<u>謙虛和誠實</u>都是一種美德。　　　（主語）

此外，形容詞短語如果帶上一定的語調或加上一定的語氣詞，也可構成形容詞非主謂句。例如：

　　　太好了！

　　　糟透了！

2.2　非向心結構短語

㈠主謂短語

　　　主謂短語是漢語裏一種比較特別的短語。它由主語和謂語兩部分構成。它的組成方式與主謂句一樣，可以表達一個相對完整的意思。主語與謂語之間是陳述和被陳述的關係。

　　　主謂短語和名詞短語、動詞短語、形容詞短語不同。後面三種短語都是向心結構，各短語中的名詞、動詞、形容詞都是中心詞。但主謂短語既不以主語爲中心，也不以謂語爲中心。它具備特有的結構方式和多種語法功能。下面試就構成這類的主語和謂語的成分

及其語法功能作一說明。

　　構成主謂短語的主語，多由名詞、代詞或名詞短語充當，謂語部分則由動詞、形容詞或動詞短語、形容詞短語充當。例如：

　　　　飛機　急促下降

　　　　我　正在沉思

　　　　誠實　是一種美德

　　　　我們　勝利了

　　　　昨天　端午節

　　主謂短語帶上一定的語調或加上一定的語氣詞，就可以構成一句意思相當完整的主謂句。除此之外，它還可以在句子中充當主語、謂語、賓語、定語、和補語。例如：

　　　　今天放假是真的嗎？　　　　（主語）

　　　　香港經濟繁榮。　　　　　　（謂語）

　　　　我知道他會明白的。　　　　（賓語）

　　　　母親去世的消息令我震驚。　（定語）

　　　　一席話說得我心裏折服。　　（補語）

㈡數量短語與指量短語

　　漢語數詞與量詞常常連用，多是數詞在前，量詞在後。組合之後共同充當句子某些成分。這樣的語言單位，稱為數量短語。數量短語的句法功能主要作定語，但也可充當其他句子成分。例如：

　　　　一丈等於十尺。　　　　　　　　　　　　　　（主語）

　　　　這小孩過了年就兩歲了。　　　　　　　　　　（謂語）

　　　　小船走得慢，走了一天還只是路程的一半。　　（賓語）

　　　　你休息一兩天再說吧。　　　　　　　　　　　（補語）

一群人匆匆忙忙的走過去了。　　　　　　（定語）

他一次又一次的提醒我，我只是不聽。　　（狀語）

　　漢語指示代詞「這」和「那」常與一些單純量詞結合，充當某些句子成分。這樣的語言單位就叫指量短語。指量短語的主要作用在於指稱，以作定語爲主，其次則作主語和賓語。例如：

天空東北角上的那塊烏雲越來越大了。　　（定語）

這些是我最喜歡吃的東西。　　　　　　　（主語）

別談那個了，我們還是言歸正傳吧。　　　（賓語）

㈢介賓短語

　　由介詞和它的賓語組成的短語，稱爲介賓短語。充當介詞賓語的，主要有名詞、代詞和名詞短語。例如：

由東京（飛來）

從今天（開始）

對工作（感興趣）

在家裏（睡覺）

往哪兒（跑）

（雞）給他（吃了）

在天空中（飛翔）

從大會堂（出發）

對學校的情況（不了解）

至於像「從城市到鄉村」、「從老人到小孩」等語段，一般會看成是兩個介賓短語連用組成的固定結構，用來表示空間、時間、和事物等範圍。

　　介賓短語一般不能獨立成句。只有在某特定環境下，可以用來

回答問題，其實這只是一種省略現象而已。例如：

> （在那裏表演？）　　在大會堂。
>
> （你從那裏來？）　　從香港。

此外，介賓短語除了不能作主語和謂語外，其他的句子成分都可充當。例如：

> 我這樣做不是<u>爲自己</u>，而是<u>爲大家</u>。　　　　（賓語）
>
> 最美味的芒果<u>來自菲律賓</u>。　　　　　　　　（補語）
>
> 我不同意你<u>對他</u>的看法。　　　　　　　　　（定語）
>
> <u>從哪裏</u>進來，就<u>從哪裏</u>出去。　　　　　　（狀語）

㈣複指短語

兩個詞或兩個短語連在一起，同指一個事物，同作一個成分，這樣的短語，稱爲複指短語。構成複指短語的一般是名詞或名詞短語。有時代詞、數量詞也可構成複指短語。例如：

> 《紅樓夢》的作者 <u>曹雪芹</u>是偉大的文學家。
>
> <u>東方之珠</u> 香港是世界有名的城市。
>
> <u>我們</u> 香港人大部分都是辛勤工作的。
>
> <u>兄妹</u> 兩人各走各路。

複指和偏正定語式的名詞短語的分別是，偏正定語式的名詞短語，定語與中心詞之間可以加助詞「的」，複指短語則不能加「的」。例如：

> <u>端午節</u>的故事我很熟悉。　　　　　　　（名詞短語）
>
> <u>東方之珠</u> 香港是我土生土長的地方。　　（複指短語）

複指短語在形式上很像並列式的名詞短語，其實它們之間的分別是很明顯的。並列式的名詞短語，名詞與名詞之間可以用連詞

「和」來連接。複指短語在兩個名詞或名詞短語之間有時雖可有語音停頓（書面上用逗號隔開），但就不能用連詞「和」來連接。例如：

北京，中國的首都是我常到的地方。

香港，這顆東方之珠是個旅遊勝地。

如果將上面的複指短語用「和」連接，那麼整個短語的意義就會改變。

複指短語在特定的語言環境中可以獨立成句，其實這也是一種省略句式。例如：

（誰去完成這個任務？）　　我們兩個

（這是甚麼地方？）　　美國首都華盛頓

除此之外，複指短語也可充當主語、賓語、定語、狀語等句子成分。例如：

國父 孫中山先生是最值得尊敬的人。　　（主語）

他就是中國造紙發明家 蔡倫。　　（賓語）

每個人都有他 自己的理想。　　（定語）

五月初五 那天，人人都吃粽子。　　（狀語）

㈤固定短語

由幾個固定的語素組成，有固定的結構形式的短語，叫做固定短語。這類短語在使用時往往相當於一個詞。

固定短語有兩類，一類是結構對稱的習慣語，一類是四字熟語。

⑴結構對稱的習慣語

這類短語由前後兩部分組成，兩部分的結構是對稱的。例如：

你一言，我一語

張家長，李家短

三天打魚，兩天曬網

(2)四字熟語

這類短語包括成語和習慣用語。例如：

心平氣和　不偏不倚

紈袴子弟　嫣然一笑

杞人憂天　草木皆兵

不咎既往　另起爐灶

結構對稱的習慣語多用來作狀語。例如：

他們<u>你一言　我一語</u>地吵個不休。

她<u>張家長　李家短</u>地說個沒完。

四字熟語可以作謂語、賓語、補語、定語、狀語等句子成分。

例如：

香港的夜景，向來<u>膾炙人口</u>。　　　　　　（謂語）

這樣的文章真是<u>小題大做</u>。　　　　　　　（賓語）

一席話說得我<u>心悅誠服</u>。　　　　　　　　（補語）

他<u>四平八穩</u>地踱著方步。　　　　　　　　（狀語）

<u>萬紫千紅</u>的春天真叫人有點目不暇給。　　（定語）

(六)比況短語

比況短語常用助詞「似的」附著於詞和短語後面，所構成的語言單位，可以充當句子成分。這樣的語言單位稱為比況短語。與「似的」連用的，有「像」和「也」，結合之後，成為「像……似的」、「……也似的」的慣用格式。例如：

老師<u>讚嘆似</u>的輕輕說：「這子孩真難得。」

他伸出<u>青蛙似</u>的兩條腿，看的人都笑了起來。

他<u>像想起甚麼似的</u>，突然從床上跳起來。

他<u>飛也似</u>的走進車廂裏。

<u>銀盤似</u>的月亮，慢慢從海上升起。

有時「似的」也可以換成「那樣」、「一樣」、「一般」和「般」。例如：

她臉紅得像蘋果一樣。

月光如流水一般。

筆直的老松，像鐵鑄一般站著。

比況短語的句法功能很強，可以充當句子的狀語、定語、謂語、補語和賓語。

腦海裏<u>閃電似</u>的嚓的一下，我終於蘇醒過來了。　　（狀語）

<u>火似</u>的太陽照得人暈暈的。　　　　　　　　　　（定語）

他<u>像落水狗似的</u>，給人狠狠的打了一頓。　　　（謂語）

她手瘦得<u>像柴枝一樣</u>，真可憐！　　　　　　　（補語）

路旁的柳樹忽然變成了<u>許多小手似的</u>，緊緊的把我抓住。

　　　　　　　　　　　　　　　　　　　　　　　（賓語）

　　語言中的比況短語，主要都是用來對景、對物、對人進行靜態或動態的形象化描繪，藉以增強語言表達的生動性和形象性。

現代漢語的短語

按功能分類		按結構分類	例子
向心結構	名詞短語	偏正短語	蔚藍的天空　黃河以北
		的字短語	吃的　大的　男的
		所字短語	所愛　所思
		並列短語	柴米油鹽　火車和輪船
	動詞短語	動賓短語	踢足球　曬太陽　紅了臉
		動補短語	洗乾淨　聽得清楚
		偏正短語	快跑　熱烈地歡迎
		並列短語	又跑又跳　吃喝玩樂
		連動短語	走過去開門　倒茶喝
		兼語短語	令我感動　叫他開車
		能願短語	應該做　願意去
	形容詞短語	形補短語	紅起來　熱得燙手
		狀形短語	最刺激　十分活潑
		狀形補短語	比她美得多　比他走得快
		並列短語	勤勞而勇敢　多快好省
非向心結構		主謂短語	糧食豐收　前途美好
		指量、數量短語	那些人　一群人
		介賓短語	向東　從上海
		複指短語	北京中國首都　校長李先生
		固定短語	東家長西家短　山青水秀
		比況短語	大似的　星星一樣

第二節　粵語的短語

粵語的短語，基本上分類與現代漢語一樣，分爲九類(包括向心結構與非向心結構)。以下試就每一類舉例說明。

1. 名詞短語

粵語的名詞短語也是以名詞爲主體的。按其結構方式與語法特點可以分爲：

1.1 並列短語

<u>學費</u>呀，<u>宿費</u>呀，樣樣都未交。

<u>公仔定字</u>，任揀一樣。

1.2 偏正短語（定語式）

<u>嗰個鐵咀雞</u>，把口死咁惡！

<u>琴日買番嚟嘅書</u>，去晒邊呀？

<u>買飛嘅時候</u>，請排隊。

<u>做運動嘅地方</u>，唔准食煙。

<u>佢呃你嘅話</u>，你話俾我知。

粵語的偏正短語定語式多用結構助詞「嘅」。「嘅」在粵語裏大約相當於現代漢語裏的「的」，可以附在詞或短語之後，構成「嘅字短語」。「嘅字短語」的性質和句法功能與名詞或名詞短語相當。例如：

<u>好嘅醜嘅</u>一律唔想聽。

<u>食得嘅</u>唔好晒。

<u>你講嘅</u>全部啱聽。

　　同我一齊嘅都係豬朋狗友。

現代漢語名詞短語裏的「所字短語」同樣見於粵語，兩者結構方式
相同，在這裏不再重贅。下面是名詞短語的句法功能。

　　頭先買嘅野，你拎咗去邊？　　　　　　　　　　（主語）

　　嗰個肥仔，簡直不知所謂。　　　　　　　　　　（主語）

　　你拎咗把遮去邊度呀？　　　　　　　　　　　　（賓語）

　　檯上面個鏡幾時買㗎？　　　　　　　　　　　　（定語）

　　你個仔短手短腳。　　　　　　　　　　　　　　（謂語）

　　老嘅坐，嫩嘅企。　　　　　　　　　　　　　　（主語）

　　俾人嘅多，俾自己嘅少。　　　　　　　　　　　（主語）

　　（幾時識你㗎？）　　舊年。　　　　　　　　　（句子）

2.　動詞短語

　　以動詞為中心的短語叫動詞短語。粵語的動詞短語按它的結構
方式可以分為七類。

2.1　並列短語

　　又喊又笑，都唔知佢為乜事。

　　食飯行街，我都奉陪。

　　做定唔做，快啲講！

　　去又得，唔去又得，隨便你。

2.2　偏正短語（狀語式）

　　咁大聲講野，失禮死人。

　　無啦啦喊起上嚟，真唔知為乜！

　　趣趣哋話你知，我又贏馬喇！

粵語動詞的修飾成分如果由形容詞充當，可以帶「哋」（唸作 $t\varepsilon i^2$）。例如「乖乖哋聽阿媽話」、「佢懵懵哋做人，反而重好」。「哋」在這裏是狀語的標誌。

有些修飾動詞的副詞會放在動詞後面，例如：

我食緊飯，一陣至講。

你走先啦，唔駛等我。

在現代漢語裏，「緊」、「先」之類的副詞則會放在所修飾的動詞之前：

我正在吃飯，待會再說。

你先走吧，不用等我。

2.3　動賓短語

開大開小，睇你運氣喇！

嚇親佢個仔，就大件事囉！

食多啲野啦，咁瘦！

動賓短語中的賓語，除了是動詞的支配對象外，也可以表示其他的意義。例如：

洗凍水，唔啱我。

你面色咁青，曬吓太陽啦。

你老頭子真係個好好先生。

牆上面掛咗幅畫。

2.4　動補短語

動補短語的中心詞是動詞，起補充說明作用的部分放在動詞後面，充當補語。粵語中的「到」和「得」是補語標誌。

佢做野又做得幾好嘢！

跌到<u>一仆一碌</u>，抵佢死！

一坐上車，我個頭就會暈到<u>天旋地轉</u>。

你代我打多兩下，咪俾佢<u>咁得戚</u>。

佢踎喺<u>地下</u>。

2.5　連動短語

<u>佢執咗包袱走喇</u>。

<u>我拎起手袋捽佢</u>。

老師<u>攞起個粉刷刷黑板</u>。

2.6　兼語短語

唔該你<u>叫佢出嚟伲</u>。

阿媽<u>叫我早啲瞓喝</u>。

我<u>請同學食飯</u>。

老師<u>准我補考</u>。

2.7　能願短語

<u>佢會嚟嘅</u>。

你要<u>惡啲先得㗎</u>！

阿爸話我<u>應該再勤力啲</u>。

以上的動詞短語除了充當謂語之外，也可充當其他句子成分。例如：

<u>講抑或唔講</u>，你自己揸主意。　　　　　（主語）

我好鍾意<u>行街睇戲</u>。　　　　　　　　　（賓語）

<u>做運動嘅</u>地方，唔准食煙㗎。　　　　　（定語）

<u>羨慕你哋咁恩愛嘅</u>人，唔少㗎。　　　　（定語）

我嚇到<u>呢埋一邊</u>。　　　　　　　　　　（補語）

　　<u>有人俾錢</u>，求之不得。　　　　　　　　（主語）

　　<u>肯揸肯做</u>，邊度唔去得。　　　　　　　（主語）

3.　形容詞短語

　　形容詞短語按結構方式可以分爲並列、形補、狀形和狀形補四類。

3.1　並列短語

　　<u>靈唔靈</u>，冇所謂。

　　<u>搲雞豆皮</u>，呢個女人兩樣都有。

3.2　形補短語

中心詞形容詞在前，補語在後，例如：

　　<u>熱到死</u>，開冷氣啦。

　　佢無端端<u>紅起嚟</u>，眞激氣。

　　同你比，佢<u>差得太遠</u>。

3.3　狀形短語

中心詞形容詞的修飾成分放在前面作狀語，例如：

　　<u>好靈</u>噃，個占卦佬。

　　佢嘅諗法認<u>眞犀利</u>，服咗佢。

3.4　狀形補短語

這種短語是以形容詞爲中心詞，其前面有狀語，後面有補語。

　　<u>無端端俾佢煩咗兩鐘頭</u>，眞慘！

　　我<u>一早經巳紅到發紫</u>，你唔知咩？

形容詞短語可以充當不同的句子成分，例如：

　　<u>靈唔靈</u>，冇所謂。　　　　　　　　　　（主語）

  諗唔到佢煮野又煮得<u>幾好噃</u>。   （補語）

  佢屋企<u>乾淨企理</u>。   （謂語）

  香港樓價我諗<u>會低潮一陣</u>。   （賓語）

  <u>搵雞豆皮</u>嘅女人，留番你自己。 （定語）

  <u>懞盛盛</u>咁坐喺度做乜？   （狀語）

4. 主謂短語

  粵語中的主謂短語，在結構上具備完整的主語與謂語兩部分。當它充當句子成分時，它是短語，但當它帶上一定的語調或加上一定的語氣詞時，就可以成為句子。以下是一些主謂結構的短語：

  我諗緊嘢。

  琴日重陽節。

  老實係好重要㗎。

  㗎飛機降落喇！

  我哋打贏咗喇。

至於主謂短語充當的句子成分則有：

  <u>今日放假</u>係唔係眞㗎？   （主語）

  <u>阿媽過身</u>嘅消息，佢今日先知。 （定語）

  佢個番話講到<u>我服晒</u>。   （補語）

  我知<u>銀行下午唔開㗎</u>。   （賓語）

  佢咁發達，<u>眼都紅埋</u>。   （謂語）

  你<u>恰埋雙眼</u>做人點得㗎！   （狀語）

5. 數量短語與指量短語

5.1 數量短語

粵語的數量短語有幾個特色：

㈠百位以上的數詞，當前位數不是零時，次一級的數目可以簡稱。例如：

四百三十→四百三

三萬九千斤→三萬九斤

㈡數詞以「一」爲首位時，口語裏「一」常常省略。例如：

一百八十磅→百八磅

一萬七千人→萬七人

一百零蚊→百零蚊

一個零月→個零月

一尺幾→尺幾

㈢表示一次動作時，口語裏「一」常常省略，例如：

坐一吓→坐吓

睇咗一眼→睇咗眼

嗌一聲我→嗌聲我

5.2 指量短語

粵語的指量短語，如果沒有強調的必要，則量詞前的指示代詞「呢」和「嗰」可以省略。指量短語因而變成量名短語。例如：

呢／嗰部書幾錢？→部書幾錢？

我想攞番嗰枝筆。→我想攞番枝筆。

數量短語和指量短語可以充當不同的句子成分，例如：

　　　　　一斤十六兩。　　　　　　　　　　　　　　（謂語）

　　　　　成廿歲嘅人，重唔生性。　　　　　　　　（定語）

　　　　　隻船行得咁慢，有排都唔到岸。　　　　　（主語）

　　　　　拎部書嚟，等我教你。　　　　　　　　　（賓語）

　　　　　條魚買咗廿蚊，貴唔貴呀？　　　　　　　（補語）

　　　　　成個月冇見喇！　　　　　　　　　　　　（狀語）

6.　介賓短語

　　粵語裏的介詞數量不多，常見的例如：

　　　　呢件事由你負責。

　　　　你打邊度嚟㗎？

　　　　連我都唔識，好打有限。

　　　　喺香港地，唔多唔少都要識講幾句英文。

　　　　爲咗追佢，我都駛咗唔少錢。

介詞帶的賓語都是名詞或名詞性短語，介賓短語也可以充當某些句子成分：

　　　　爲咗個仔，阿媽乜都冇計。　　　　　　　　（狀語）

　　　　我同意你對佢嘅睇法。　　　　　　　　　　（定語）

　　　　由邊度嚟，就由邊度去。　　　　　　　　　（狀語）

　　　　我咁做完全係爲咗你。　　　　　　　　　　（賓語）

7.　複指短語

　　　　張先生 佢有時都幾硬頸㗎。

　　　　我哋 香港人最搏殺。

　　佢 兄弟兩個都鍾意賭馬。

8.　固定短語

　　粵語的固定短語主要是一些熟語與歇後語。熟語和歇後語的字數不像成語般固定，但無論多少字數，使用時往往相當於一個詞。

　　粵語的熟語例如「出風頭」、「打茅波」、「賣面光」、「一家便宜兩家著」、「蚊膶同牛膶」、「執條襪帶累身家」之類。

　　歇後語例如「豆腐刀——兩便面」、「雞食放光蟲——心知肚明」、「老鼠拉龜——冇埞埋手」、「屎艇關刀——又唔文（聞）得又唔武（舞）得」等。

　　以上的熟語和歇後語都可充當句子成分：

　　　　你呢個人，打完齋唔要和尚。　　　　　　（謂語）
　　　　佢係個打爛沙盤問到篤嘅人。　　　　　　（定語）
　　　　雞毑咁大隻字都睇唔到。　　　　　　　　（主語）
　　　　我爲呢件食咗死貓。　　　　　　　　　　（謂語）
　　　　阿媽做到揸頸就命，都係爲咗個屋企。　　（補語）

9.　比況短語

　　粵語的比況短語多是「好似……一樣」連用，又或是「好似……咁樣」。例如：

　　　　人人好似癲咗一樣，搶住買樓。
　　　　佢塊面紅到好似蘋果咁樣。
　　　　我突然懵咗咁樣，唔知點應佢。

第三節　英語的短語（pharse）

　　與漢語短語結構相近的語言單位，在英語裏叫做 Pharse，中文譯爲「短語」。❺《語言學百科詞典》短語一項，在該書附錄的〈主要術語英漢對照表〉中，也以 pharse 對譯。❻上述兩書對 pharse 的解釋都比較簡單，內容主要有兩點：

　　㈠所謂 phrase 是指包含一個以上的詞的結構成分。這個結構成分缺少句子通常具有的主謂成分。在傳統上，短語被看作是小句和詞之間的一個結構層次。

　　㈡英語的 phrase 可區分爲幾種類型。例如「狀語短語」、「形容詞性短語」、「介詞短語」等。

　　對 phrase 的分類、語法特點和功能，James Sledd 有較詳細的說明：

　　　「We have used the term phrase to mean a free grammatical unit which contains two or more bases and so does not fit our use of the term word, but which does not consist of a subject-predicate combination and so is not a clause.　According to their distribution, most phrases can be classified as nominal, verbal, adjectival, or adverbial: the typical one-word substitute for a

---

❺　例如方立等譯《語言學和語音學基礎詞典》，1992，頁 299 就將「pharse」譯爲「短語」。

❻　《語言學百科詞典》，上海辭書出版社，1993，頁 683。

nominal phrase is a noun; for a verbal phrase, a verb; etc. In the following sentence, the subject is a nominal phrase, and the predicate is a verbal phrase:

The man with the hoe stared gloomily at his feet.

Within both subject and predicate, prepositional phrases are included (*with the hoe; at his feet*). We have labeled phrases like *with the hoe* as adjectival prepositional phrases and those like *at his feet* as adverbial prepositional phrases. Their classification as adjectival or adverbial depends on their position, but their classification as prepositional follows from the fact that they begin with prepositions. Such double classification of phrases, first according to their position and second according to one of their own parts, is useful when two conditions are met: (1)forms belonging to a single class, like prepositions, occur in many phrases, and (2)these phrases themselves fall into a number of different positional classes.」 ❼

James Sledd 的短語分類方法，近似於現代漢語的架構，既按短語的結構方式，又按短語的語法功能，因而出現了分類重疊的現象。Sidney Greenbaum 對英語短語分類最為簡要。他按英語短語裏

---

❼ James Sledd, A short Introduction to English Grammer, Scott, Foresman and Company Maruzen Company, Ltd., 1959, p.237-238.

的中心詞（head）的詞類屬性，把短語分為五類❽：

noun phrase　例如「recent deluges of reports」（head：deluges）

verb phrase　例如「might have been accepted」（head：accepted）

adjective phrase　例如「surprisingly normal」（head：normal）

adverb phrase　例如「more closely」（head：closely）

prepositional phrase　例如「for a moment」（head：for）

與漢語比較，英語的短語類目大部分同時見於漢語，只是在內容的細節上有點不同。以下根據 Sidney Greenbaum 的分類，簡略說明各英語短語的結構與功能。

1.　名詞短語（noun phrase）

英語的名詞短語以名詞為中心詞，在中心詞的前後可以有修飾成分。最常見的修飾成分是對中心詞起限制與指定作用的限定詞（determiner），其他的修飾成分可以是形容詞、介詞短語和關係子句。

(1)限定詞＋名詞（中心詞）

The ground is wet.

His sister visited her friend yesterday.

She is such a liar.

I know all the students.

Her many friends came to the party.

---

❽　Sidney Greenbaum, The Oxford English Grammer, Oxford University Press, 1996, p.208.

All John's many relatives live in that house.

英語的限定詞包括冠詞〔articles：definite acticle (the) 和 indefinite article (a, an)〕、指示詞〔demonstratives (this, these, that, those)〕、物主代詞〔possessive pronouns (my, your, his, their……)〕和數量詞〔quantities (one, two, first, third, many, several, enough, few, little……)〕四種。這四種限定詞與中心詞組成名詞短語時的語序是：

Noun Phrase＝predeterminer→determiner→postdeterminer→noun

例如：

my　　first　　serious　　encounter　　with　　aliens
　　　　　　　　　　　　　　H
　　det.

the　　last　　person　who　saw　him　alive
　　　　　　　　　H
　　det.

以不可數名詞或專有名詞（noncount or proper nouns）爲中心詞的名詞短語，一般不需要限定詞修飾，例如：

Love makes the world go'round.

Michigan is a beautiful state.

(2)形容詞＋名詞（中心詞）

He hase made neat paths and has built a wooden bridge over a pool.

Our university has beautiful scenery.

(3)名詞（中心詞）＋介詞短語

The <u>man with the hoe</u> stared gloomily at his feet.

The <u>girl in a blue skirt</u> is from New York.

⑷關係子句＋名詞（中心詞）

This is <u>the</u> only reference <u>book there is on the subject</u>.

<u>The computer that your are using now</u> is an IBM 486.

英語的名詞短語有多種功能，可以充當句子的主語（subject）、賓語（object）、補足語（complement）。

⑴作主語

<u>Mary's friend</u> left early.

<u>The dog</u> jumped over the fence.

<u>The house</u> was built by the contractor.

<u>This old house</u> is a mess.

⑵作賓語

The girl hit <u>the ball</u>.

Jimmy gave <u>an apple</u> to <u>the teacher</u>.

in <u>the barn</u>

towards <u>the fire</u>

for <u>a good reason</u>

⑶作主語補足語（又稱表語）或賓語補語足語❾

---

❾ 英語的主語補足語，在漢語中早期有些語法教材稱爲表語。後來的《暫擬系統》和《提要》取消了表語，把本來是表語的成分一律稱爲賓語。至於英語中的賓語補足語，在漢語裏則沒有相似的結構形式。爲免引起誤解，本文在這裏不擬將英語的主語補足語和賓語補足語分稱爲表語和賓語補足語，而一律稱爲補足語，只是其功能有陳述主語和賓語的分別而已。

Jane was <u>the president</u>.

She declared her brother <u>a liar</u>.

(4)作狀語

She will come to see me <u>this Saturday</u>.

2.　動詞短語（verb phrase）

動詞短語可以分爲限定式動詞短語（finite verb phrase）和非限定式動詞短語（non-finite verb phrase）。

(1)限定式動詞短語

限定式動詞短語是指可以用作謂語的動詞短語。它的結構方式是由中心動詞加上某些修飾成分（modifiers）。這類動詞短語的中心動詞可以是不及物動詞（intransitive verb）、及物動詞（transitive verb），或繫詞（linking verb）。

a.不及物動詞短語——短語裏的動詞不帶賓語，但可以有修飾成分。例如：

The children <u>laughed</u>.

The roof <u>collapsed</u>.

The children <u>laughed at the clown</u>.

My heart <u>stopped when I saw them</u>.

The tree <u>swayed in the wind</u>.

b.及物動詞短語——短語裏的動詞帶上賓語或雙賓語。賓語可以是名詞、名詞短語或一個分句。例如：

I <u>like the picture</u>.

The pitcher <u>threw the ball</u>.

She <u>asked me a question</u>.

Some people <u>hate to get up early in the morning</u>.

I <u>don't know why you are always late</u>.

c.繫詞短語──英語的繫詞「to be」，近乎漢語的判斷動詞「是」。當繫詞「to be」作為句子中的主要動詞時，它發揮的是連結主語和補足語（complement）的作用。例如：

The cow <u>was contented</u>.

The beans <u>are in the pot</u>.

I <u>am happy</u>.

She <u>has been the president</u>.

除了上述 to be 這個繫詞之外，英語還有好些與 to be 同樣功能的繫詞，這類繫詞通常用來描述一些感覺或想法。例如：

Mary <u>feels tired</u>.

My goldfish <u>seems lethargic</u>.

This beer <u>smells sour</u>.

Their music <u>sounds terrible</u>.

綜合英語的限定式動詞短語，其基本結構如下：

i.動詞短語只有一個不及物動詞：

The baby <u>is crying</u>.

The old man <u>has died</u>.

ii.動詞短語中的動詞為及物動詞：

Susan <u>loves her grandmother</u>.

I <u>like mangoes</u>.

iii.動詞短語中的動詞為及物動詞，但帶兩個賓語：

She <u>asked me a question</u>.

My father <u>gives me a bicycle</u>.

iv.動詞短語中的動詞為及物動詞，帶賓語之外，也帶賓語補足語（object complement）：

I <u>found the story interesting</u>.

She <u>saw me come in</u>.

v.動詞短語中的動詞為繫詞式的動詞，帶主語補足語：

She <u>is in England</u>.

He <u>looked healthy</u>.

⑵非限定式動詞短語

　　非限定式動詞短語是指在句子中不充當謂語的動詞短語。「非限定」的意思是說，該動詞短語的中心詞動詞，在形式上不受句子主語的限制。換言之，非限定式動詞短語中的動詞在人稱、數的範疇上不需要與句子的主語保持一致（agreement），也沒有時（tense）的變化。例如：

He wants <u>to be a college student</u>.

She is made <u>to work very hard</u>.

非限定式動詞短語的中心動詞有三種形式：

帶 to 的不定式（infinitives）：to do, to work, to understand

分詞：包括 -ing 和 -ed 兩種：

-ing 分詞——doing, working, understanding

-ed 分詞——done, worked, understood

-ing 動名詞（gerund）：seeing, reading, playing

　　a.帶 to 的不定式短語的主要語法功能是充當主語和賓語，

也可充當主語補足語、賓語補足語、和修飾語。例如：

> To find fault is easy.　　（主語）
>
> I do not mean to read.　　（賓語）
>
> Her greatest pleasure is to sing.　　（主語補足語）
>
> The speaker is about to begin.　　（介詞賓語）
>
> Mary persuaded her husband to buy the car.　　（賓語補足語）
>
> We eat to live.　　（動詞修飾語）
>
> This is not the time to play.　　（名詞修飾語）
>
> To tell the truth, I quite forgot my promise.　　（句子修飾語）

不定式短語有自己的體，語態也有主動被動之分，這部分在詞類一章中已有說明，不在這裏重贅。

　　b.至於分詞則有 -ing 形式和 -ed 形式兩種。試看下面的例子：

> Hearing the noise, the boy woke up.

「Hearing the noise」這分詞短語是名詞 boy 的修飾語，以 -ing 形式引入「hearing」稱爲 present participle（現在分詞）。至於

> Deceived by his friends, he lost all hope.

「Deceived by his friends」這個分詞短語以 -ed 形式引入，「deceived」稱爲 past participle（-ed 分詞，過去分詞），也是用來修飾「he」的。

　　總括而言，無論是現在分詞 -ing 還是過去分詞 -ed，它都兼有動詞和形容詞的特點。所以有時分詞也叫動形詞（verbal adjective）。因爲它有動詞性，所以可以帶賓語，例如「hearing the noise」裏的「noise」；因爲它有動詞性，它可以受副詞修飾，例如「Loudly knocking at the gate」裏的「loudly」修飾「knocking」；因爲它同時具有形容詞的性質，所以可以修飾名詞與代詞，例如「Having rested, the men continued their journey.」和「His tattered coat needs mending.」。

　　c.動名詞（gerund）

　　英語的動名詞，其外形與現在分詞一樣，也是 -ing 式。試看下面的句子：

> Reading is his favorite pastime.
>
> Seeing is believing.
>
> He is desirous of being praised.
>
> I heard of his having gained a prize.

由於 gerund 有名詞的性質，所以可以充當主語、賓語和補足語。

> Seeing is believing.（主語、主語補足語）
>
> Stop playing.（賓語）
>
> I am tired of waiting.（介詞賓語）

動名詞與限定詞結合，就構成動名短語（gerundive phrase）。動名短語可以受不同的修飾成分修飾。例如：

> The indiscriminate reading of novels is injurious.
>
> The child's crying all night made me nervous.
>
> All that coughing in the audience is disturbing the musicians.

動名短語的語法功能與動名詞一樣，可以充當主語、賓語和補足語。

His laughing annoyed her. （主語）

I couldn't bear the child's crying. （賓語）

The musicians are upset over all that coughing in the audience.

（介詞賓語）

The reason for my irritation was the child's crying. （主語補足語）

3. 形容詞短語（adjective phrase）

形容詞短語的中心詞是形容詞。在中心詞的前面或後面常會加上其他成分，如副詞、介詞短語、不定式動詞短語等。例如：

Your house is so beautiful.

He is a very clever boy.

They have become tired of the rain here.

He is sure to win the game.

或甚至以形容詞加分句來構成形容詞短語：

We are confindent that we will finish the project by the end of this month.

形容詞短語的語法功能主要作名詞修飾語，其次可作主語補足語和賓語補足語。充當中心詞的修飾成分時，位置可前可後。放在前面叫前置修飾，放在後面叫後置修飾。例如：

This is a good and practical suggestion.

The task is pretty hard to fulfill.

He is a man of wealth.

The person interested in the project is in the next room.

形容詞短語作主語補足語，例如：

> She is very pretty.
>
> That stupid boy is almost impossible to teach.

形容詞短語作賓語補足語，例如：

> You have to keep everybody quiet.
>
> They found the story rather funny.

4.　副詞短語（adverb phrase）

以副詞作中心詞的結構稱為副詞短語。副詞短語的功能與副詞一樣。一個副詞短語可以有修飾成分，副詞也可以是修飾成分之一，換句話說，副詞可以是另一副詞的修飾成分。例如：

> Lou speaks <u>rather fast</u>.
>
> Proceed <u>very cautiously</u>.

副詞短語也可以充當副詞的補足語，例如：

> Mike works <u>harder than a beaver</u>.
>
> He ruled <u>wisely for many years</u>.

5.　介詞短語（prepositional phrase）

介詞不能單獨使用，它必須帶賓語組成介賓結構的短語。介詞的賓語通常由名詞或名詞短語充任。例如「by train」，「with care」，「from him」。有時亦可以由不同的詞組充任賓語。例如：

> This is the best way <u>of doing it</u>.（動詞短語）
>
> The mother stayed up <u>till her son came home safely</u>.（介詞短

語)

At their wedding, they promised to be together <u>for better or worse</u>. (形容詞短語)

　　介詞常與動詞、形容詞、名詞等搭配使用。這種搭配完全基於語言習慣,不能隨意改動。不同的介詞與同一動詞配搭,意思往往不一樣。例如:

What are you <u>looking for</u>?　　(尋找)

She is <u>looking at</u> the picture.　　(看)

Don't <u>look on</u>; join us.　　(旁觀)

Her job is <u>to look after</u> the old and disabled.　　(照顧)

The police are <u>looking into</u> the case.　　(調查)

介詞短語的句法功能,主要作定語、狀語、主語補足語和賓語補足語等成分。例如:

Do you know <u>the man next to John</u>?　　(定語)

The door remained shut <u>during the meeting</u>.　　(狀語)

<u>In a sense</u>, your argument is acceptable.　　(狀語)

Mary is <u>from New York</u>.　　(主語補足語)

They regard her <u>as their leader</u>.　　(賓語補足語)

第五章　句　子

第一節　現代漢語的句子

1.　甚麼是句子

　　根據傳統語法學的說法，句子是一組能夠表達完整思想的語言單位，❶但怎樣才算是一個「完整思想」呢？這個問題就極具爭論性。現代語法學如果要對句子作出明確的界定，就必須避免傳統語法學以意義爲主的界定方式。近年出版的語法學書籍，在界定甚麼是句子的時候，就多從句子的外在形式和諵法功能入手。

　　㈠從語法功能看，句子是語言的使用單位。語言裏雖有大量的詞、短語、諺語，但這些都只是語言的備用單位。人們日常交際往來，傳遞信息，都是以句子作爲基本單位的。

　　㈡從外在形式看，句子具有以下的特點：

　　⑴句子由詞或短語構成。即使是一個單詞，有時在一定的語言環境裏用來交際，它本身也能構成一個句子。例如「火！」、

---

❶　James Sledd, (1959) p.246 "A sentence is traditionally defined as a group of words which expresses a complete thought…"

「鬼呀！」之類。不過單詞成句的情況並不常見，自然語言裏的句子主要還是由短語構成的。

　　(2)句子都有一定的語調和語氣。例如由「好」這個詞構成的句子，語調不同，表達的意思也就不同。

　　　　好。

　　　　好？

　　　　好！

如果再帶上語氣詞，所表達的意思就看得更清楚了。

　　　　好的。

　　　　好嗎？

　　　　好啊！

　　(3)在正常的連續說話中，句子與句子之間有較大的語音停頓，書面上會用上一定的標點符號來表示這種間隔，例如句號（。）、問號（？）或感嘆號（！）就是最常見的句子終結符號。

　　(4)句子跟詞和短語一樣，有其內在的結構關係。根據句子的結構，最先劃分出來的句子類型是單句和複句。單句的構成成分是詞和短語，而複句的構成成分是分句。

2. 句子成分

2.1 甚麼是句子成分

　　在一個句子裏，詞與詞或短語與短語之間，彼此有著一定的結構關係。按照不同的關係把句子分為若干個不同的組成部分，這些組成部分叫做句子成分。

　　現代漢語裏，句子的基本成分有六個。那就是主語、謂語、賓

語、補語、定語和狀語。至於附屬成分則有各種不同形式的獨立語。

一般句子並不全都具備上述六個基本成分，而只會有其中的幾個。例如：

我的　　爸爸　　最近　　去了　　一趟　　美國　。
定語　　　　　　狀語　　　　　　補語　　賓語
主語　　　　　　　　　謂語

我　　把杯子　　打　破　　了。
　　　　狀語　　　　補語
主語　　　　謂語

水汪汪的　　眼睛　　忽然　　望著　　我　　。
定語　　　　　　　狀語　　　　賓語
主語　　　　　　　　謂語

2.2　句子的基本成分

㈠主語和謂語

當我們將一個句子進行切分的時候，第一個層次分出來的首先是主語和謂語。可以說，主語和謂語是組成句子的兩個最重要的成分。

對於主語和謂語的含義，語法學者有不同的理解：

(1)從語法角度看，主語和謂語之間是陳述和被述的關係。主語是被陳述的，謂語則對主語加以陳述。主語和謂語在句子裏的涵

蓋範圍是，主語以外的部分為謂語，謂語以外的部分為主語。

(2)從語用角度看，主語是一句話的話題（topic），謂語是對話題的解釋（comment）。由於話題的概念比較廣泛，因而句子敘述的起點，幾乎都可以看成是句子的主語。

(3)從語義角度看，一般來說，主語對以行為動詞作謂語的謂語而言，主語是施事者。不過有時也可以是受事或與事（施受以外的第三者）。

(4)在印歐語言裏，主語（subject）是對謂語動詞（predicate verb）而言。由於謂語的動詞形態與主語一致，因而主語也就容易確定。

以上四種看法，除了(4)不適用於漢語之外，一般的語法書在說明甚麼是主語和謂語的時候，都會將其他三種看法結合運用。例如：

	我	教過他數學。
根據(1)	被陳述部分	陳述部分
根據(2)	話題	解釋
根據(3)	施事者	

	錢嘛	早花光了。
根據(1)	被陳述部分	陳述部分
根據(2)	話題	解釋
根據(3)	受事者	

在結構方面，充當主語最常見的是名詞和名詞短語，但非名詞和非名詞短語充當主語的也不少。至於充當謂語最常見依次是動詞

和動詞短語、形容詞和形容詞短語、主謂短語以及名詞和名詞短
語。從下面的例子可以看到各式各樣構成主語和謂語的成分：

主語部分

　　西安是中國的古都。　　　　　　　　　　　　　（名詞）

　　太陽和月亮，缺一不可。　　　　　　　　　（名詞短語）

　　節儉是一種美德。　　　　　　　　　　　　（形容詞）

　　敘述與描寫必須兼備。　　　　　　　　　　（動詞短語）

　　屋子裏很寂靜。　　　　　　　　　　　　　（名詞短語）

　　學習理論一定要與實際連繫。　　　　　　　（動詞短語）

　　他回來香港已經三年了。　　　　　　　　　（主謂短語）

　　寫得太馬虎是不行也。　　　　　　　　　　（動詞短語）

謂語部分

　　記者最近訪問了我們的行政首長。　　　　　（動詞短語）

　　人人都有自己的理想。　　　　　　　　　　（動詞短語）

　　時間太短了。　　　　　　　　　　　　　（形容詞短語）

　　我是誰？　　　　　　　　　　　　　　　　（動詞短語）

　　明天星期四。　　　　　　　　　　　　　　　（名詞）

　　媽媽笑了。　　　　　　　　　　　　　　　　（動詞）

　　你怎麼啦？　　　　　　　　　　　　　　　　（代詞）

　　足球員又高又壯。　　　　　　　　　　　（形容詞短語）

　　會場氣氛和諧而溫馨。　　　　　　　　　（形容詞短語）

　　香港經濟，形勢大好。　　　　　　　　　　（主謂短語）

　　這個學生，我教過他數學。　　　　　　　　（主謂短語）

(二)賓語

句子謂語裏的動詞如果是個動作性的及物動詞，動詞動作所支配的對象就叫賓語，所以賓語有時也叫受事（包括人和物）。主語和賓語本來不是同一層面的成分，但由於賓語受事常與主語施事相對，因而給相提並論。其實主語只對謂語，賓語則是動詞的後置成分而已。一般來說，能作主語的詞和短語都能作賓語。例如：

我們一定要贏得<u>比賽</u>。	（名詞）
任何力量都不能阻擋<u>我們</u>。	（代詞）
你往<u>哪兒</u>？	（代詞）
我父親近年已有<u>轉變</u>。	（動詞）
行車中要注意<u>安全</u>。	（形容詞）
我選修了<u>物理和化學</u>。	（名詞短語）
大家同意<u>進一步調查</u>。	（動詞短語）
我愛<u>讀散文</u>。	（動詞短語）
我們都知道<u>她辦事認真</u>。	（主謂短語）

上面例子中的賓語都出現在動詞後面，符合漢語主動賓的典型語序。在印歐語言裏，確定主賓語主要依據形態變化，句子中主賓語位置的改變一般並不引起哪是主語哪是賓語的混淆。像英語充當主語的名詞雖然沒有格的變化，但由於動詞有相應的位變和數變，所以也就容易確定主語和賓語。

漢語缺乏形態變化，充當主賓語的詞類除了常見的名詞和名詞短語之外，其他的詞類也能充當，這無形增加了主賓語確認上的困難。漢語另一個難以確定主賓語的原因，是主賓語在句子裏的語序有時與傳統對主語施事賓語受事的理解並不一致。例如：

①<u>羊群</u> <u>跑</u>了。

   施——動

②<u>開</u> <u>車</u>了。

   動——受

③<u>遠遠地來了</u> <u>一個人</u>。

④<u>他</u> <u>任務</u> <u>完成</u>了。

   施——受——動

⑤<u>我們</u> <u>熱愛</u> <u>運動</u>。

   施——動——受

⑥<u>這個人</u> <u>我</u> <u>認識</u>。

   受——施——動

⑦<u>台上</u> <u>坐著</u> <u>主席團</u>。

   處所——動——施

對於①②⑤三類主賓語語序與施受關係相配的句子，一般不會引起主賓語確認上的困難。但對於③④⑥⑦四類，由於施事和受事在句子裏的位置不固定，於是就會引發「究竟根據甚麼來確定主語和賓語」的爭論。

有關主賓語問題的討論，五十年代不少學者作過深入探討。如何確定主語和賓語，當時的學者認為主要根據兩個標準：一是施受關係的意義標準，一是語序先後的形式標準。

施受標準的原則是：凡施事一律為主語，受事一律為賓語，不管它們在動詞前還是在動詞後。語序標準的原則是：凡在動詞前的一律為主語，動詞後的一律為賓語，不管它們是施事還是受事。

以上兩種標準大致上都各自反映出主語和賓語的某些語法特

點，但卻不免失諸片面性。如何將這兩種標準統一起來，使意義與形式相結合，《暫擬系統》和《提要》就曾先後作出了詳細的考慮和建議。

像上面③④⑥⑦四類，《暫擬系統》和《提要》的看法是：

(1)受事＋施事＋動作（例⑥）

　　這個人我認識。

　　這樣的日子他過不慣。

《暫擬系統》與《提要》將這種格式句子歸入主謂謂語句，句首表示受事的詞是主語。

(2)施事＋受事＋動作（例④）

　　他一口水都沒喝就走了。

　　他錢花光了。

　　在這個車站上，我一個人也不認得。

對於「一口水」、「錢」、「一個人」，《暫擬系統》看作前置賓語，但《提要》則將這種格式的句子同樣視作主謂謂語句。

(3)時間（方位）＋動作＋施事（例⑦）

　　昨天來了一個客人。

　　台上坐著主席團。

這類句子句首有時間詞或方位詞，謂語裏的動詞則是及物動詞，動詞後面帶人或事物的名詞，表示存在、出現的意思。對於這類句子，尤其是句首的時間詞和方位詞，語法學者就有不同的處理方式：

　　狀語＋謂語＋主語

　　主語＋謂語＋賓語

狀語＋謂語＋賓語

上面三種處理方式，除了第一種仍以施受標準來確立主語和賓語之外，其餘兩種方式基本上都以語序爲主，大部分學者都接受這種看法。不同的只是時間詞與方位詞應該看成是主語還是狀語吧了。❷

還有一點要補充的，一般而言，動詞所帶的賓語只有一個，但有些動詞，如「送」、「給」、「叫」、「交」、「告訴」等都可以帶兩個賓語，這情況稱爲雙賓語。指人的叫間接賓語，指物的叫直接賓語。例如：

他告訴我 一個好消息。

媽媽送我 一本書。

㈢定語、狀語和補語

⑴定語

用來修飾、限制名詞或名詞短語的成分，叫做定語。定語的標誌是帶結構助詞「的」。作定語的大都是形容詞、名詞、代詞、數量詞，又或者是一些短語。例如：

今天的事今天做。	（名詞）
你看的是甚麼書？	（代詞）
遠處傳來一陣歌聲。	（數量詞）
奔馳的列車呼嘯著遠去了。	（動詞）
悠揚的鐘聲回蕩耳際。	（形容詞）
街道兩旁是整齊高大的白楊樹。	（形容詞短語）
我母親是個老好人。	（代詞）

❷　有關主賓語討論的詳細內容，可參考龔千炎（1987），頁188-203。

提高產品質量才是<u>解決問題</u>的關鍵。　　　　　（動詞短語）

修飾或限制中心詞的定語，有時可能不只一項，例如：

他買了　<u>一輛</u>　<u>全新</u>　的　<u>豐田牌</u>　<u>五座位</u>　<u>小</u>　汽車。
　　　　　1　　　2　　　　　3　　　　4　　　5

像上面的例子，句子裏的賓語「汽車」前面共有五項修飾性的定
語。多項定語，在排列次序上有一定的規律。如果幾個定語都不帶
「的」，一般的次序是：

　　　　表領屬的詞語→指示代詞→數量短語→形容詞→名詞

　　　　<u>他</u>　<u>那</u>　<u>一件</u>　<u>新</u>　<u>羊皮</u>　大衣昨天賣掉了。

如果有帶「的」的定語，則帶「的」的在不帶「的」之前。❸

　　　⑵狀語

　　　用在動詞性或形容詞性詞語前面起修飾作用的成分，叫做狀
語。經常充當狀語的是副詞和形容詞。試看下面的例子：

　　　　全場觀眾<u>立刻</u>活躍起來。　　　　　　　　（副詞）

　　　　今天學校<u>隆重</u>舉行了畢業典禮。　　　　（形容詞）

　　　　我們<u>要</u>有進取精神。　　　　　　　　　（動詞）

　　　　他的神態<u>如此</u>坦然自若。　　　　　　　（代詞）

　　　　我<u>愉快而堅定</u>地執行任務。　　　　　（形容詞短語）

　　　　老師<u>依然精神飽滿</u>地工作著。　　　　　（主謂短語）

狀語的標誌是常帶結構助詞「地」（《提要》作「的」）❹。狀語
也像定語一樣，其中心詞可以有多項修飾成分。例如：

───────────────

❸　見邢福義（1991），頁326。

❹　見本書第四章《短語》註❹。

　　我不能　現在　就　把事情的經過　詳詳細細地告訴你。

狀語的排列雖沒有絕對固定的格式，但如果句子裏同時有表示條
件、時間、地點、語氣等多項狀語，其排列次序大致是：

　　　　條件（或關涉對象）→時間→處所→語氣→範圍→連續→程
　　　　度（或情態）。❺

　　　　例如：

　　　　在全體同學的共同努力下，今年我們會考成績一定　出色。

　　　　關於這件事，他現在　也許　還　不　十分清楚。

狀語雖然一般都放在它所修飾的中心詞前面，但有時也會根據表達
的需要或習慣，放在主語之前或謂語之後。放在主語前面稱為狀語
前置，放在謂語後面稱為狀語後置。例如：

　　　　慢慢地，我的視力恢復了。

　　　　一路上，大家説説笑笑。

　　　　關於這問題，大家都沒有意見。

　　　　他站起來了，極緩慢地。

　　　　好消息頻頻傳來，從國內、從香港。

　　⑶補語

　　　用在動詞性或形容詞性詞語後面起補充說明作用的成分，稱為
補語。結構助詞「得」是補語的標誌。補語的中心詞一般是動詞或
形容詞。形容詞、動詞、代詞、數量詞、副詞，以及一些短語結
構，都可作補語。例子如下：

　　　　別把小孩子慣壞了。　　　　　　　　　　　　（形容詞）

---

❺　史錫堯、楊慶蕙《現代漢語》，北京師範大學出版社，1984，頁325。

母親高興得<u>笑</u>了。　　　　　　　　　　　　　（動詞）

會開得<u>怎麼樣</u>？　　　　　　　　　　　　　　（代詞）

他看了妹妹<u>一眼</u>。　　　　　　　　　　　　　（數量詞）

那女孩美<u>極</u>了。　　　　　　　　　　　　　　（副詞）

他寫得<u>又快又好</u>。　　　　　　　　　（形容詞短語）

樹葉長得<u>非常濃密</u>。　　　　　　　　（形容詞短語）

孩子嚇得<u>哭了起來</u>。　　　　　　　　（動補短語）

從上面補語的內容看，補語和它所補充的中心詞，主要有幾種關係：

　　　　a.結果關係──這類補語亦叫結果補語，主要用在動詞後面表示動作的結果，這類補語一般都帶結構助詞「得」。例如：

　　　他說得<u>很清楚</u>。

　　　媽媽笑得<u>合不上咀</u>了。

　　　　b.程度關係──這類補語也叫程度補語，主要用在形容詞和少數表示心理活動的動詞後面，表示性狀的程度。例如：

　　　這堤岸堅固得<u>很</u>。

　　　紫荊花美<u>極</u>了。

　　　我激動得<u>心都要跳出來</u>了。

　　　　c.趨向關係──這類補語也叫趨向補語，主要利用趨向動詞「上來」、「下去」、「出來」等放在中心詞動詞後面，表示動作的趨向。例如：

　　　好些人圍了<u>上來</u>。

　　　他終於從迷宮裏走<u>出來</u>了。

有時中心詞與趨向補語之間，可以插入中心詞動詞的賓語。例如：

他爬上<u>山</u>來。

他跳上<u>床</u>來了。

d.數量關係——這類補語也叫數量補語。主要用數詞與動量詞，或數詞與時間名詞放在中心詞後面，表示動作的次數和時間的長短。例如：

他看過媽媽<u>一次</u>。

他給狗咬了<u>一口</u>。

爲這件事他走了<u>三趟</u>。

他在這裏住了<u>三年</u>。

e.時間或處所關係——這類也叫時間補語或處所補語。這類補語多用介賓短語充當，表示動作發生的時點或處所。例如：

他生<u>於一九五七年</u>。

父親坐<u>在書架旁邊</u>。

f.可能關係——這類也叫可能補語，在中心詞動詞後面用「得」和「不得」表示可能性。例如：

這東西曬<u>得</u>曬<u>不得</u>？

這個人你可小看<u>不得</u>。

2.3 句子的附屬成分——獨立語

獨立語跟句子的六大成分並不發生結構關係，在句裏的位置也比較靈活，可以出現在句前、句中、句後三個位置。獨立語與別的成分之間一般都有停頓相隔，書面上用逗號或感嘆號表示。從性質和功能來看，獨立語大約可分四類：❻

---

❻　見黃伯榮、廖序東（1980），頁399-401。

(一)插入語

一般用於句中，有時也用在句子的開頭或結尾，表示各種附加的意義。例如：

你瞧，雨停了。 （引起注意）

事情弄到這樣，你看，我們怎能不管？ （同上）

看起來，時間還多著呢！ （表示推測）

毫無疑問，這場球賽一定贏了！ （肯定）

據說，香港人最功利。 （表示消息來源）

一句話，想做就要做。 （表示總結）

(二)稱呼語

用來稱呼人物的名稱，以引起注意。稱呼語的位置也可前可後。例如：

老李，你真會過日子！

我早去過了，媽媽。

(三)感嘆語

表示驚訝、感嘆或應對等語氣，一般放在句首。例如：

啊呀，老同學好久不見了。

唉！說起來真叫人傷感。

(四)擬聲詞

摹擬事物的聲音，進行生動形象的描寫，以加強表達效果。例如：

劈劈拍拍，麻將聲吵得人沒法睡！

砰！砰！就在一刹那，又是兩槍。

3. 句子的分類

3.1 單句

㈠單句的類型

單句又叫簡單句，是相對於複句而言的。單句基本上由短語或一個詞構成。單句可以按它的結構方式和語氣分爲兩大類。

⑴按單句的結構分類

a.主謂句

由主謂短語構成，由於這類句子具備主語和謂語兩部分，所以又稱「完全句」。例如：

> 香港新機場啓用了。

> 第一名是陳大文。

> 我知道媽媽的意思了。

> 這兒的風景非常美麗。

有時主謂句的主語和謂語會由比較複雜的短語充當。例如：

> 「機器人」這種現代化自動機器的出現　是自動化科學技術深入發展的重大成果。

主謂句又可按謂語的性質和構成情況，分爲名詞謂語句、動詞謂語句、形容詞謂語句和主謂謂語句。

(i)名詞謂語句

以名詞或名詞爲中心的短語充當謂語，例如：

> 老張廣西人。

> 明天星期三。

> 這個人好膽量。

在現代漢語裏，名詞謂語句並不多見，多出現在對話中。

(ii)動詞謂語句

以動詞、動賓短語或以動詞爲中心詞的偏正短語作謂語，例如：

他的字寫得很好。

他把窗子打破了。

月亮升上來了。

王老師是我們的班主任。

(iii)形容詞謂語句

以形容詞或以形容詞爲中心詞的短語作謂語，例如：

他眞英俊。

爸爸此刻無比的鎮定、沉著。

屋子裏十分寂靜。

天氣冷得出奇。

(iv)主謂謂語句

謂語由主謂短語充當，例如：

他臉不紅，心不跳。

這種苦日子，他就過不慣。

屋裏的東西我已經收拾好了。

b.非主謂句

單句中不能分析出主語和謂語的句子稱爲非主謂句。這種句子在漢語中經常使用。在某些特定的語言環境中，爲了表達簡潔明快，多會應用非主謂句的結構方式。例如：

出太陽了。

　　眞熱！

　　進來！

非主謂句也可按其構成方式，分爲名詞非主謂句、動詞非主謂句、形容詞非主謂句和嘆詞非主謂句。

　　(i)名詞非主謂句

　　由一個名詞或者一個名詞短語構成。例如：

　　　飛機！

　　　多感人的場面啊！

　　　老李！

　　　多漂亮的謊話啊！

　　(ii)動詞非主謂句

　　由一個動詞或一個動詞短語構成。例如：

　　　不准吐痰。

　　　打雷了！

　　　站住！

　　(iii)形容詞非主謂句

　　由一個形容詞或者一個形容詞短語構成。例如：

　　　熱死了！

　　　糟透了。

　　　美極了。

　　(iv)嘆詞（或擬聲詞）非主謂句

　　由一個嘆詞（或擬聲詞）構成的非主謂句，主要用來表示某種強烈的情感，又或者表示呼喚應答。例如：

　　　唉唉，見面不見面呢？

　　　　喂，是你呀！

　　　　嗯，我早知道了。

　　　　嗚嗚，火車開了。

　　　　鈴鈴，上課鐘聲響起了。

　　(2)按單句的語氣分類

　　根據句子的語氣，可以把句子分爲陳述句、疑問句、祈使句和感嘆句。

　　　　a.陳述句

　　這類句子主要用來說明或交代一件事情。句子語調一般平勻，在書面上句末用句號「。」，句末的語氣詞通常是「了」或「的」。例如：

　　　　我知道他的事了。

　　　　他到過北京了。

　　　　壞習慣是一定要改的。

　　　　這是無可避免的。

　　　　b.疑問句

　　這類句子主要用來提問，句尾語調往往升高。在書面上，句末用問號「？」。疑問句的格式大約有五種：

　　　　(i)特指問

　　問句裏有疑問代詞，並要求對方就疑問代詞所問的人或事作答。例如：

　　　　甚麼時候死的？（「昨天夜裏。」）

　　　　這個多少錢？（「三塊。」）

　　　　(ii)是非問

　　　句子結構與陳述句相似，但口語裏句子的語調顯著上升。發問人一般要求對方作「是」或「否」的回答。語氣詞用「嗎」而不用「呢」。例如：

　　　　上學校去？（「不是。」）

　　　　你是陳小明？（「是。」）

　　　　李老師，回家嗎？（「是。」）

　　(iii)選擇問

　　　提問者將幾個項目提出，答問人選擇其中一項回答。語氣詞用「呢」不用「嗎」，也可以不用語氣詞。例如：

　　　　你去呢，還是我去呢？

　　　　簡單地說，還是詳細地說？

　　(iv)設問

　　　這類句子主要自問自答，先突出論題，然後論証。例如：

　　　　我們就此放棄自己的理想嗎？不能，絕對不能！

　　　　這樣犧牲，值得嗎？當然不值得。

　　(v)反問

　　　這種問句不需要回答。句子的形式雖是疑問，但實際上句子裏已包含了肯定或否定的意思。這種句子的特點是，字面上肯定，則意思上否定，反之亦然。例如：

　　　　難道是我不好嗎？

　　　　這能說是成功嗎？

　　c.祈使句

　　用來表示命令、請求、禁止或勸阻等意思的句子，語氣上帶有

強制的意味。這種句子，書面上在句末用句號「。」，語氣較強的用感嘆號「！」。例如：

> 把他帶走！
>
> 禁止吸煙。
>
> 別多說了！
>
> 不准採摘花木。

　　d.感嘆句

用來抒發強烈感情的句子叫感嘆句。句末用感嘆號「！」。例如：

> 唉！
>
> 天哪！這次一定沒命了！
>
> 哼！誰信他誰倒霉！

㈡幾種特殊句式

　　⑴主謂謂語句

主謂謂語句是漢語一種比較特殊的句式。它特別的地方是，句子本身已是主謂結構，而它的謂語部分又是另一主謂結構。如果用公式表示，就像下面的形式：

　　　　$S = s + p \ (s_1 + p_1)$

　　　　（S＝句子，s＝主語，p＝謂語，s_1＝小主語，p_1＝小謂語）

無論是 s 還是 s_1，p 還是 p_1，它們的構成除了中心詞之外，也可以有其他的修飾成分（M＝修飾成分）。例如：

s	p	
小玲	心眼兒	好 。
	s_1	p_1

$$\underbrace{\underset{M_1}{這點}\quad\underset{M_2}{小}\quad 毛病}_{s}，\quad\Big|\quad \underset{s_1}{你}\quad\overbrace{\underbrace{\underset{M_3}{一定}\quad\underset{M_4}{要}\quad 戒除}_{p_1}}^{p}。$$

主謂謂語句的 s 和後面的 p 讀起來，一般會有停頓，書面上用逗號標示。充當 s 或 s_1 的多是名詞性詞語。如果從施受意義看，主謂謂語句的 s 和 p 的關係，大約可有三種：

a. s（受事）‖ s_1（施事）＋p_1（動作）

這部書‖我看過。（＝我看過這部書。）

任何困難‖我都要克服。（＝我〔都〕要克服任何困難。）

b. s（施事）‖ s_1（受事）＋p_1（動作）

他‖甚麼事都幹。（＝他〔都〕幹〔甚麼〕事。）

她‖一點肥肉都不吃。（＝她〔都〕不吃一點肥肉。）

c. 非施受關係

她‖態度和藹。（「她」和「態度」之間是領屬關係）

咱們倆‖誰也不能說誰。（「咱們倆」和「誰」之間是隸屬關係）

這孩子，‖誰也疼他。（「這孩子」和「他」是複指關係）

　　主謂謂語句謂語部分的 s_1，有時也可由短語充當，例如動詞性的主謂謂語句、名詞性的主謂謂語句、和形容詞性的主謂謂語句：

他 ‖ 待人　有禮貌　。（s₁動賓短語，p₁動賓短語）

$$s_1 \quad p_1$$

爸爸 ‖ 做事　認眞　。（s₁動賓短語，p₁形容詞）

$$s_1 \quad p_1$$

對蝦 ‖ 一對　多少錢？（s1數量短語，p₁名詞短語）

$$s_1 \quad p_1$$

(2)連動句

連動句又叫連謂句。這類句子的特點是：

a.兩個以上的動詞或動詞短語（或形容詞）所表示的動作行為發展變化一個接一個出現，且又共同陳述一個主語。

b.動詞或動詞短語之間沒有修飾、補充、陳述、支配的關係，在語義上有關聯，次序不能調換。

c.動詞或動詞短語之間沒有關聯詞語，沒有語音停頓。

試看下面的例子：

她流著淚　使勁點著頭。

他昨天踢足球　摔壞了腿。

弟弟拿著皮球　上運動場　打球去了。

d.從連動短語的數目看，連動短語可以是兩個，也可以三個四個或更多。但不管連動項目有多少，動作都是從同一主語發出，構成主謂關係。例如：

你回家　放了書包　來我這兒　玩兒。

(3)兼語句

兼語句的特點主要是：

　　a.句子包含所謂的「兼語」成分。「兼語」成分對句子前面的動詞來說是賓語，對後面的動詞來說是主語。例如：

　　　　很多人求他幫忙。

　　　　醫生囑咐她每天吃藥。

　　b.句子的第一個動詞多是使令動詞如「使」、「叫」、「讓」、「請」、「選」、「托」、「勸」、「教」、「派」、「令」、「命令」、「禁止」、「強迫」等。例如：

　　　　爸爸叫我小心過馬路。

　　　　我勸你讀書勤力點。

　　　　老師請大家參觀太空館。

　　有時兼語式與連動式可以混合交錯使用，例如：

　　　　護士扶著病人走進診症室。

　　　　老師率領學生參觀北京故宮博物館。

像上面個句子，既有連動性質，也有兼語性質。「護士」和「老師」都主持「扶著、走進」、「率領、參觀」兩個動作，可以說兩句都是連動句。但「病人」和「學生」既是前一動詞的賓語，也是後一動詞的主語，所以也可以說是兼語句。這些句式的交合套疊，是漢語的特色之一。再看看下面的例子：

　　　　校長請張老師指導學生唱歌。（兩個兼語式）

　　　　我們上山砍柴回來燒水送給大家喝。（幾個連動式之後用

　　　　　　　　　　　　　　　　　　　　兼語式）

　　由於兼語句的結構形式同主謂短語作賓語的主謂句相似，在

區分這兩種句子的時候，有幾點要注意：❼

    a.首先要區分第一個動詞。兼語句的動詞只限於使令動作。主謂短語作賓語的主謂句，它的動詞一般表示感知、心理活動、和表示意見。例如「看見」、「發現」、「知道」；「想」、「認爲」、「希望」、「覺得」；「主張」、「說明」、「以爲」、「証明」等。例如：

    我請她來。   （兼語句）

    我知道他會來。   （主謂短語作「知道」的賓語）

    b.區分兩個動詞之間的關係。兼語句兩個動詞之間有因果、目的關係。但主謂短語作賓語的主謂句就沒有這種關係。

    c.區分結構。兼語跟前面的動詞關係緊密，我們不能在兼語前增添成分，只能在兼語後增添成分。例如：

    我請他明天來。

    我請明天他來。*

但主謂短語作謂語的主謂句就可以。例如：

    我知道明天他會來。

    我知道他明天會來。

 (4)是字句

「是」這個動詞，大致相當於英語的動詞 to be。在現代漢語裏，動詞「是」可以構成多種句式。其中有兩種是主要的：

    a.判斷句

現代漢語用「是」來構成的判斷句。「是」主要放在主語和賓

---

❼   見莊文中《中學教學語法新編》，江蘇教育出版社，1984，頁 238-239。

語之間，而所構成的句子的形式是：「主語＋是＋賓語（名詞或名詞短語）」。主語和賓語通過動詞表現出來的關係有兩種，一是同一關係，一是從屬關係。例如：

華盛頓是美國的首都。　　　　　　　　（同一關係）

《三國演義》的作者是羅貫中。　　　　　（同一關係）

牛是哺乳動物。　　　　　　　　　　　（從屬關係）

他是老好人。　　　　　　　　　　　　（從屬關係）

　　b.非判斷句

「是」在這類句子中不起判斷作用，但起肯定、強調的作用。例如：

陋習是可以廢除的。

她是很可愛的。

「是」在上面兩句裏主要表示強調。試比較下面兩句句子：

她很可愛。

她是很可愛的。

「她很可愛」是一般的陳述句，而「她是很可愛的」則是對「她」性格可愛作特別的肯定。前者是形容詞謂語句，後者是動詞謂語句。在英語裏，形容詞不能充當謂語，動詞 to be 是必須加上的，例如：「She is lovely.」由於英語這種結構的影響，香港學生即使只是一般的陳述性形容詞謂語句，書面都喜歡加上有強調作用的「是」，原因是他們都忽略了漢語形容詞可以獨自充當句子謂語的特點。

　　值得留意的是，「是……的」裏的「的」用在判斷句中是結構助詞，用在非判斷句中是語氣詞。試看下面兩個句子：

①我是很老實的。　　　　　　　　　　　　（語氣詞）

②我是賣書的。　　　　　　　　　　　　　（結構助詞）

句①句末如果加上「人」，變成「我是很老實的人」，那麼句子已經由性狀描寫轉為偏正定語式的名詞性短語，「的」也由語氣詞變成結構助詞，而且句意也有明顯的改動，至於句②句末加上「人」，則句意並無改變。由此可見能加中心詞的「是……的」格式，其中的「的」是結構助詞；不能加中心詞的「是……的」格式，其中的「的」是語氣助詞。❽

(5)存現句

表現人或事物存在、出現、或消失的句子叫存現句。存現句是一種特殊的主謂句。一般而言，句子的主語多是表示處所的詞語。例如：

水塘裏躺著一頭大水牛。

屋子裏走出了一群人。

牆上掛著一副對聯。

家裏有個三歲小孩。

存現句有兩個特點：

a.存現句謂語裏的動詞常帶時態助詞「著」、「了」、「過」，又或帶趨向補語。例如上面例子中的「躺著」、「掛著」，以及帶趨向補語的動詞短語「走出」，而用於存現句的動詞則有「坐」、「立」、「臥」、「豎」、「跪」、「趴」、「排」、「壓」、「插」、「蓋」、「架」、「堵」……等。

---

❽　參考莊文中（1984），頁239。

　　b.存現句的賓語反而是施事者，而且多不確指。例如：

　　　　車上跳出<u>一群人</u>來。

　　　　黑影裏站著<u>四五個人</u>。

除了上面那些表存在的動詞之外，最直接表存在的動詞有「有」和
「是」。例如：

　　　　香港有個文化中心。

　　　　牆上是一幅巨型山水畫。

　　(6)把字句

　　把字句又稱處置句。因為利用介詞「把」（或「將」）將動詞
所支配的對象提到動詞之前，對賓語有處置的意思，所以叫處置
句。例如：

　　　　我正在收拾一下房間。　　　　　　　　　　（敘述句）

　　　　我正在把房間收拾一下。　　　　　　　　　（把字句）

當介詞「把」將賓語「房間」提在動詞「收拾」之前時，它的功能
已由賓語轉為狀語，也就是說，「把房間」這個介賓短語在這裏成
了動詞的修飾成分。

　　把字句的特點如下：

　　　　a.把字句的動詞要有「處置」的意思，並且動詞與賓語有
直接的動作作用。例如：

　　　　我知道他的名字。

　　　　醫生割了病人的腎臟。

像「知道」後的賓語就不能用「把」提前而變成「我把他的名字知
道了*」這是因為「知道」是表示感覺的動詞，對它的賓語沒有處
置性，但動詞「割」則有。該句子可以用「把」將賓語提前變成

「醫生把病人的腎臟割了」。

　　　　b.「把」字所引介的對象必須是定指的。因此，所引介的對象前面會帶「這」、「那」之類的修飾語，而不會說成「把一枝鉛筆帶上*」。

　　　　c.動詞前後需有別的成分，一般不能是個單音節動詞。即使是單音節動詞，也必須帶上動態動詞「著、了、過」，又或者是將動詞重疊，又或是動詞帶補語、或帶賓語、或帶狀語。例如：

　　　　　　請你把茶喝了。

　　　　　　老師把話說了三遍。

　　　　　　我早把理由說過了。

　　　　　　你們把問題討論討論。

　　　　　　請把照片放大。

　　　　　　學生把意見寫上黑板。

　　　　　　別把垃圾到處丟。

　　　　d.動詞前一般不能加否定詞、助動詞。如要加上，就只能放在「把」字之前。例如：

　　　　　　我沒有把秘密告訴她。

　　　　　　我不敢把消息透露出去。

　　(7)被字句

　　被字句主要是表示被動的意思。被字句的典型格式是：

　　　　主語＋（被＋賓語）＋動詞（動詞短語）

試比較下面兩句：

　　　　我們打敗了敵人。　　　　　　　　　　　　（主謂句）

　　　　我們把敵人打敗了。　（把字句——主＋（把＋賓）＋動）

　　敵人被我們打敗了。（被字句——賓＋（被＋主）＋動）
如果將上面的把字句與被字句比較，則把字句的主語是施事，被字
句的主語是受事。前者強調主動，後者強調被動。

　　「被」是介詞，它的作用是引出動作的施事者。不過「被」所
引介的施事者，有時可以省略，但把字句就不可以。例如：

　　　　我們被打敗了。

　　　　我們把打敗了。＊

從意義看，被字句的使用多與不愉快，不幸的經驗或事物有關。例
如：

　　　　劫匪被槍斃了。

　　　　我被汽車撞倒了。

而且在漢語裏，句子被動意義愈是明顯，就愈不用被字句。例如：

　　　　飯吃過了。

　　　　自行車修好了。

　　　　錢花光了。

　　被字句和把字句有密切關係，所以有時它們之間往往可以互相
轉換，例如：

　　　　敵人被我們消滅了。→我們把敵人消滅了。

　　　　我把那本書弄破了。→那本書被我弄破了。

不過，這兩種句式還是有不同的地方，那就是：

　　　　a.「被」表示被動，「把」表示處置；被字句的主語是受
動者，「被」的賓語是施動者；把字句的主語是施動者，「把」的
賓語是受動者。例如：

　　　　醫生把病人的血液拿去化驗。

病人的血液被醫生拿去化驗。

b.把字句「把」字後必須帶賓語，不能直接用在動詞前邊。被字句的「被」字後邊有時可以不帶賓語，「被」字可以直接用在動詞前邊。

c.被字句口語中常用「叫」、「讓」、「給」等來代替。例如：

我叫黃蜂螫了一下。

他讓汽車撞過一次。

錢包給偷了。

把字句除了用「把」之外，口語上也可用「將」。例如：

他將賬都算到我頭上了。

媽媽將衣服洗乾淨了。

㈢單句的延伸

試比較下面幾句句子：

①弟弟回來了。

②弟弟從學校回來了。

③頑皮的弟弟從學校歡天喜地回來了。

從句子的結構來看，①②③都是主謂句。不同的只在於：①的結構最爲簡單，主語和謂語都各自由一個詞充當；②的結構比①複雜，多了個介賓短語「從學校」充當動詞短語「回來」的狀語；③的結構最複雜，因爲主語「弟弟」前面有定語「頑皮的」，而謂語動詞短語「回來」再多了一個狀語「歡天喜地」。

由此可見，一個簡單句裏的主語和謂語，只要附加成分（例如定語、狀語、補語）一步步的增加，一個簡單主謂結構的句子就會

複雜起來，雖然這個句子的基本構成方式不變。像上述的情況，我們稱之爲「句子的延伸」。

(1)全面延伸

所謂全面延伸，就是說句子的主語中心詞，謂語中心詞或賓語中心詞的前面都有修飾成分，或後面有補充成分。例如：

①悲傷的母親不厭其詳的告訴我爸爸那一生捨己爲人的事蹟。

②一座座玻璃幕牆的大廈，把金黃色的陽光反照得特別光彩奪目。

第①句裏的主語中心詞「母親」的修飾成分是「悲傷」，謂語中心詞「告訴」的修飾成分是「不厭其詳」，「我」和「爸爸……事蹟」是句子的兩個賓語，直接賓語「事蹟」前還有一串的修飾成分。第②句裏的主語中心詞「大廈」的修飾成分是一個名詞性短語，謂語中心詞「反照」的修飾成分是個介賓短語，而謂語中心詞「反照」後面又帶有形容詞短語「特別光彩奪目」作補充成分。

(2)局部延伸

所謂局部延伸是指句子裏的某一個成分特別複雜，令得句子結構局部延長。例如：

①警署派來的一輛由最好的司機駕駛的最好汽車，早已等在市政局門口。

②母親沉痛的訴說以及我親眼見到的殘酷現實，叫我越發相信世界沒有公理可言。

句①的主語包括層層疊疊的許多修飾成分，其結構相對於謂語來說複雜得多。句②的主語由兩個並列的偏正短語構成，也比謂語來得

複雜。

　　單句之所以需要延伸，很多時是爲了表達人們複雜的思維。在書面語裏，爲了議論或說明某事，常常會使用這樣的句式。不過在口頭交際時，這種過長而延伸過分的句子，便不適用了。所以在使用句子表達思想的時候，一定要配合當前的場合。

3.2　複句

　　試看下面的句子：

　　　　①你不讀書。

　　　　②我不高興。

　　　　③保持地方清潔。

　　　　④禁止隨地吐痰。

上面四句都是簡單句，都能表達完整的意思。如果把這四句組合起來，所表達的意思就會比較複雜。例如：

　　　　①如果你不讀書，我就會不高興。

　　　　②保持地方清潔，禁止隨地吐痰。

將上面本來是單句的兩個句子，通過一定的語法手段組合起來，成爲另一新句子，這新句子就稱爲複句。至於前面的兩個單句，這時就各自成了新句子的兩個小分句。簡言之，複句就是由兩個或幾個意義上有聯繫，結構上互不作彼此的句子成分的單句形式組成的句子。從結構和意義上看，複句有如下的特點：

　　　　(1)複句由兩個或兩個以上單句組成。單句作爲複句的構成部分之後，稱爲分句。複句中的分句各自獨立，不會充當另一分句的句子成分。

　　　　(2)複句的分句可以是主謂句，也可以是非主謂句（又或者是

省略了主語的主謂句）。

(3)一個複句只有一個句調，句末有較大的停頓，書面上用句號（。）、嘆號（！）或問號（？）表示。分句之間一般有小停頓，書面上用逗號（，）或分號（；）表示。

(4)複句各分句間的關係常用關聯詞語來表示。不用關聯詞語的複句，這種構成方式稱爲意合法。

下面是一些複句的例子：

只要努力學習，我們一定成功。

老師愛護學生，學生尊敬老師。

除非你來開會，否則提案一定不會通過。

無論他怎麼説，我一定不聽。

㈠複句的類型

按分句間的意義關係，複句可以分爲聯合複句和偏正複句兩大類。

⑴聯合複句

用聯合方式構成的複句，分句之間的關係是平行的，各分句之間的意義關係並無主從之分。雖然這樣，聯合複句裏的分句還是有細微的區別的。

a.表示並列關係的

各分句平行並列，無分主次，有的分句次序還可以調換。常用的關聯詞語有：

……，也……。

一方面……，另一方面……。

有時……，有時……。

不是……，而是……。

既……，又……。

例如：

人變了，山水也變了。

他一方面工作，另一方面又繼續進修。

媽媽的情緒有時高，有時低。

這不是聰明，而是狡猾。

我既不敢出去，又沒事可作。

b.表示連貫或承接關係的

幾個分句按順序說出連續的動作或事件，各分句的次序不能顛倒。常用的關聯詞語有：

……，就（便、才、又）……。

……，於是（然後、後來、按著、跟著）……。

首先……，然後……。

起先……，後來……。

例如：

他一起床，便立刻洗面漱口。

他見車子堵塞得厲害，於是走路回家。

我們首先穿過海底隧道，然後才能到達香港的另一邊。

窗外傳來了一陣汽車的馬達聲之後，接著門鈴便響起來。

c.表示遞進關係的

分句間的意義一層進一層，後一分句的意思比前一分句程度更深，範圍更廣，或數量更多。常用的關聯詞語有：

不但……，而且……。

尚且……，何況……。

……，而且（並且、更、況且、還、僅而）……。

別說……，連……。

例如：

他不但聰明，而且勤力。

別說我不願意，連妹妹都不願意。

他全無架子，而且還跟我頗親熱呢！

見面尚且怕，更何況在他面前說話！

d.表示選擇關係的

兩個或幾個分句，分別列出兩件或幾件事情，並且表示從中選擇一件。常用的關聯詞語有：

……，或（或者、或者是、還是、抑或、要麼、寧可、寧願）……。

或者……，或者……。

是……，還是……。

不是……，就是……。

與其……，不如……。

寧可……，也不……。

例如：

或者我去，或者他去。

他不是工作，就是看書。

咱們要麼踢球，要麼看電影。

文章與其長而空，倒不如短而精。

我們寧可犧牲性命，也不投降。

(2)偏正複句

偏正複句由偏句和正句構成。正句是全句的正意所在，偏句則從種種關係上去說明、限制正句。偏正複句一般的順序是偏句在前，正句在後，而兩分句之間有轉折、條件、假設、因果等關係。表示上述的關係時，兩個分句往往會用上一定的關聯詞語。

a.表示轉折關係的

正句與偏句的意思有時相反，有時相對。常用的關聯詞語有：

雖然（雖、儘管）……，但是（但、可是、卻、而）……。

……，只是……。

……，不過……。

……，卻……。

例如：

雖然他只是四十多歲的人，頭髮卻巳花白了。

他長得結結實實，只是比原來瘦多了。

他要泊車，但是不知泊在那裏好。

他雖然窮，但活得開心。

b.表示條件關係的

偏句提出條件，正句說明在這種條件下所產生的結果。常用的關聯詞語有：

只要……，就……。

只有……，才……。

除非……，才……。

　　無論（不論、不管、任憑）……，都……。

例如：

　　只要努力耕耘，就必有收穫。

　　除非你願意和解，我才替你傳話。

　　不管用甚麼方法，都要查清楚他的底細。

　　只有承認不懂，做事才會進步。

　　c.表示假設關係的

　前後兩個分句分別表示假設和結論。常見的關聯詞語有：

　　如果（假如、倘若、要是）……，就（那麼、那、便）……。

　　即使（就是、就算、縱然、哪怕）……，也（還）……。

例如：

　　如果你願意，我就陪你去看寶蓮寺的大佛。

　　要是有堆火烤烤，該多好啊！

　　即使他不來，會也要照樣開。

　　倘若問題不解決，我們的工作就無法完成。

　　d.表示因果關係的

　前後兩個分句分別表示原因和結果、理由和結論。常用的關聯詞語有：

　　因為……，所以……。

　　由於……，所以……。

　　……，因而（因此）……。

　　之所以……，是因為……。

　　　　既然……，那麼（就）……。

例如：

　　　　散文之所以比較容易寫，是因為它更接近我們的口語。

　　　　既然答應了，我就一定負責。

　　　　因為工作緊迫，所以我們要超時工作。

　　　　由於今年雨水過多，所以農作物都收成不好。

　　e.表示目的關係的

　　偏句表示一種行為，正句表示這種行為的目的。常用的關聯詞語有：

　　　　……，以便（以、用以、好、為的是）……。

　　　　……，以免（免得、省得）……。

　　　　為了……起見，……。

　　　　為了……，……。

例如：

　　　　請替我把書交給他，免得我要親自走一趟。

　　　　為了計劃順利進行，我們事前做了許多準備工作。

　　　　我們把電腦重新檢查一遍，以免中途發生故障。

　　㈡複句的擴展（多重複句）

　　由兩個分句組成的複句都是一重複句。由兩個或兩個以上的分句組成的複句叫多重複句。

　　從層次而言，一重複句只有一個層次。多重複句的意思就是結構層次在一個以上。如果從複句本身所包含的分句而言，一般的聯合複句和偏正複句只包含兩個單句形式的分句。但當分句本身由複句構成，換句話說，複句中又有複句。這樣一來，一個單一層次的

複句就會擴展成多個層次以上的複句了。例如：

一重複句：

即使他不來，| 會也照樣開。

兩重複句：

他們憑空想了許多念頭，‖ 滔滔不絕地說了許多空話，| 可是從來沒認真做過一件事。

一個人如果沒有理想，‖ 沒有正確的人生觀，| 就不能充分發揮個人才智，‖ 也不可能成就一番事業。

三重複句：

三味書屋後面也有一個園，| 雖然小，‖ 但在那裏也可以爬上花壇去折臘梅花，‖‖ 在地上或桂花樹上尋蟬蛻。

十四歲到二十五歲的青年，要學習，‖ 要工作，| 但青年是身體發育的時期，‖ 如果對青年的發育期不夠重視，‖‖ 那很危險。

四重複句：

社會現象是錯綜複雜的，| 如果把問題看得過分簡單，‖ 就會容易混淆是非對錯，‖‖‖ 做人原則搖擺不定，‖‖ 甚至毫無道德操守可言。

平常運用多重複句，主要由於多重複句結構嚴密細緻，適宜用來表達一些比較複雜的意思。分析多重複句，應該留意以下的步驟：

(1)先由頭到尾總觀整句的意思，注意句中的關聯詞語所表示的關係，首先找出全句的第一個層次有關的分句。

(2)跟著檢查由第一層次分析出來的分句，或根據意義，或根

據關聯詞語，看看這些分句內部的結構關係。並由此而分析出複句中的第二層次。如此類推，複句的第三層次、第四層次亦可分析出來。

　　(3)利用符號或圖形的幫助，可以清楚顯示出多重複句的層次關係。例如以下的複句，以直線的多少表示複句的重數次序。

① 我愛熱鬧，‖　　也愛冷靜；｜　　愛群居，‖　　也愛獨處。
　　　　　　並列　　　　　並列　　　　　並列

② 恆星是各種各樣的，｜　　但是全都是灼熱的龐大的氣體球，
　　　　　　　　　並列
‖　　全都是發光發熱的。
　並列

③ 世上還沒有盡如人意的文章　｜　　所以我只要自己覺得其中
　　　　　　　　　　　　因果
有些有用，或者有些有益，‖‖‖　　於不得已如前文所說時，
　　　　　　　　　　　條件
便會開手來移譯，‖　　但一經移譯，‖‖‖　　則全篇中雖間有
　　　　　　轉折　　　　　　　假設
大背我意之處，‖‖‖‖　　也不加刪節了。
　　　　　轉折

巨複句的特殊句式——緊縮句

　　試比較下面兩個句子：

　　　　①你如果有力氣，你就搬吧。

　　　　②你有力氣就搬吧。

①是典型的複句。句②從句子意義上說，與①相同，但在句子形式

上說，就有所不同。句②沒有語音停頓，且後一分句的主語「你」取消了（或稱緊縮了），只靠關聯詞語「就」起呼應作用。像這樣的句子，在形式上不同於單句，但又不完全等同於複句，我們稱之為緊縮句。

可以說，緊縮句是把含著假設、條件、因果等關係的兩個分句（可以是主謂句或非主謂句）緊縮成一個單句形式。由於中間沒有語音停頓，結構變得更形緊湊。緊縮句具有簡潔、明快的表達作用，常應用於口語交際。常見於緊縮句的關聯詞語有：

不……不……。

越……越……。

非……不……。

不……也……。

再……也……。

一……就……。

例如：

他一想起兒子就生氣。

咱們不見不散。

你不想也得去。

我再辛苦也要做。

學習語言非不苦功夫不可。

雨越下越大了。

以上的緊縮句裏的謂語所陳述的都是同一主語，有時也可以陳述不同主語。例如：

老師不說也明白八成。

問她緣故又不說。

像上面兩句，「不說」的是「老師」，「明白」的是「學生」；「問她」的自有其人，「不說」的是「她」。

緊縮句與連動句在句子形式上很相似，容易混淆。下面試用圖表將兩種句子的相同點與相異點作一比較。

		連動句	緊縮複句
相同點	(i)	謂語由兩個動詞性的詞或短語充當（有時可以是兩個以上）。	(i) 謂語由兩個動詞性的詞或短語充當。
	(ii)	動詞間沒有語音停頓。	(ii) 動詞間沒有語音停頓。
不同點	(i)	句子中沒有關聯詞語。	(i) 句子中多用關聯詞語。
	(ii)	句子中幾個動詞只能陳述同一主語。	(ii) 句子中幾個動詞可以陳述不同主語。
	(iii)	動詞之間存在時間先後、方式、目的等關係。	(iii) 動詞之間往往存在假設、條件、因果等關係。

緊縮句的名稱，不同的語法學者有不同的叫法，而這些叫法往往反映出學者對這種句式的歸類取向。

⑴《暫擬系統》認為這種句子是由複句緊縮成的單句。

⑵胡裕樹、黃伯榮廖序東稱之為緊縮複句。

⑶張靜主張分別處理。當後面的語言單位陳述同一個主語時，不管中間有無關聯詞語，一律作單句處理。例如：

這孩子聰明、伶俐。

他們機智而且勇敢。

但如果幾個動詞陳述的主語不同，就算是緊縮的複句。例如：

別人問了才答。

　我受了傷爲甚麼不給治？

⑷《提要》只稱緊縮句。對這種句式的來源與歸類，未有說明。

　　究竟緊縮句是單句還是複句，抑或是介於單複句之間的一種獨立句型呢？緊縮句之所以歸類困難，是因爲它本身結構近乎單句，在句子的外型上、語音停頓上、書面的標點符號上，都和單句相似。但在意義上卻有著複句的各種關係。緊縮句把諸如複句裏的條件、假設、因果之類的意思緊縮在一句裏，然而卻不用複句的形式表達出來。例如：

　　　　你能來參加就來。　　　（如果你能來參加，就來參加。）

　　　　我們下雨刮風也去。　　　（即使下雨刮風，我們也去。）

　　　　我不問也明白八成。　　　（即使我不問，也明白八成。）

　　　　老師一講就理解了。　（只要老師一講，（我）就理解了。）

基於意義上的緊縮而且在形式上又能還原爲複句，所以學者基本上都同意將這類句子看成複句。不過也並不是任何緊縮句都可以還原成複句形式的。例如：

　　　　你越讓他唱他越不敢唱。

「越……越……」是種固定格式的緊縮句，我們就不能把它還原成正常的複句形式。❾

---

❾　有關緊縮句的問題，可參考下列各書：
　　龔千炎（1987），頁 218。
　　黃成穩（1986），頁 281-287。
　　胡裕樹（1992），頁 413-414。
　　黃伯榮、廖序東（1988），頁 465-467。
　　張靜（1980），頁 193-196。

4. 單句與複句的區分

典型的單句與複句容易區分，像下面兩個句子，我們很快便可
確定它是單句還是複句：

　　①我們一定要有刻苦耐勞的精神。

　　②如果明天下雨，我就不去。

①是單句，因為它符合典型的單句結構，只有一個主語和一個謂
語。②是複句，因為它的直接組成成分是分句，而兩個分句之間又
有表示假設關係的關聯詞語連接，符合複句的形式。

　　但漢語裏有些句子，卻是比較難決定它是單句還是複句的。

　　有關單複句的劃界問題，早在五十年代已有討論。當時學者對
六種有劃界困難的句式意見如下：❿

句子種類　　　　體系 例句	黎錦熙	王力	呂叔湘	張志公	丁聲樹	《暫擬系統》
① 他走過去，把門打開。	單句	複句	複句	靈活看待	複句	複句
② 他們愛祖國，愛人民，愛正義，愛和平。	單句	複句	靈活看待	靈活看待	複句	複句
③ 大家很累，可是很愉快。	單句	複句	複句	複句	複句	複句
④ 戰士們放下包袱就走了。	單句	複句的緊縮式	傾向於看作複句	單句	單句	複句的緊縮
⑤ 他越說越高興。	單句	複句的緊縮式	未說明句子種類	單句	單句	複句的緊縮
⑥ 我不知道他往哪兒去了。	原列複句，後列入單句	單句	單句	單句	單句	單句

---

❿　參考鄧福南《漢語語法專題十講》，湖南人民出版社，1980，頁 149-
　　166。

從圖中可見六個句子的歸類情況。由於學者的區分標準不同，所以結果也就因人而異。

　　例如第①－⑥句，黎錦熙都劃入單句。他根據的理由是句子中的謂語都是同一主語，而其他的學者對這六個句子就有不同的處理方式。對①和②兩句，學者都認為是複句（呂和張的「靈活看待」就表示了看成複句亦無不可。）他們考慮的地方主要放在句子的停頓上。第③句也是複句，考慮的是它有連詞「可是」。第⑥句則純粹考慮句子的內部結構而將它劃入單句。至於第④第⑤兩句，學者意見最不一致。黎、張、丁之所以把④⑤當成單句，是因為這兩句的句子形式像單句，沒有停頓並且同一主語。其餘的將這兩句稱為「複句的緊縮式」、「複句的緊縮」或「傾向於看作複句」等等，所考慮的主要是句子的意義。

　　由此可見，在單複句的區分過程中，不同的區分標準自然影響到區分結果。在句子結構、關聯詞語、語音停頓和句子意義這幾個標準之中，那些對區分單複句起關鍵作用呢？採用這些標準有沒有主次先後的分別呢？區分時應只根據一個標準還是可以兩三個標準一起運用呢？諸如此類的問題都是應該考慮的。

　　五十年代以後，為了教學上的方便，學者在單複句的劃界問題上，意見都力求一致。以下試將《暫擬系統》、《提要》和三套語法學教材對幾種有爭議的句子的看法列舉如下：

意見＼＼＼＼體系＼＼＼例句		《暫擬系統》	胡裕樹	黃伯榮	張志公	《提要》
①	他們愛祖國，愛人民，愛正義，愛和平。	複句	複句	複句	複句	複句
②	他走過去，把門打開。	複句	複句	複句	複句	複句
③	爲了你，我才不去上學	單句	單句	單句	單句	單句
④	a. 大家輪流講故事，這是一種很有趣的遊戲。	單句	複句	複句	複句	複句
	b. 他有兩個姐姐，一個在工廠，一個在農村。	單句	複句	複句	複句	複句
⑤	他越說越高興。	緊單	緊複	緊複	緊單緊複	緊縮句

　　從圖中可見❶，對那幾種有爭議的句子的的劃界，除了五十年代的《暫擬系統》外，其餘四家都意見一樣。四家的區分原則，都是以句子的結構爲主要依據。只有一套結構中心的是單句，有兩套或兩套以上結構中心的是複句。學者基本上都認爲，劃分單複句應以此爲標準，其後再考慮語音停頓。

　　基於上述的考慮，所以第①和第②兩句都是複句。這兩句不但有兩套或兩套以上結構中心，並且有語音停頓。第③句雖然有表示目的關係的連詞「爲了」，但「爲了」帶的只是代詞，整個句子也只有一套結構中心，所以各學者都公認爲單句。

　　4a 與 4b 的句型，《暫擬系統》劃入單句，認爲 4a 是稱代式複指成分，「這」複指前面「大家輪流講故事」的主謂短語，而 4b 則是總分式複指成分，「一個在工廠」「一個在農村」與「兩個姐姐」複指彼此。所以 4a 和 4b 都是單句。但其餘四位的看法與《暫

---

❶　圖表引自張先亮（1991），頁 260。

擬系統》不同，他們將 4a 和 4b 都看成複句。主要也是基於單複句結構中心的多少。

　　至於第⑤句「他越說越高興。」則各家意見最不一致的。《暫擬系統》認爲句子在結構上是單句，而表達的是複句的意義，因此這種句子是一種特殊格式的單句，或可以說是由複句緊縮成單句。胡、黃則認爲是複句的緊縮，緊縮後仍是複句。張主張分別處理。當後面的語言單位陳述同一主語，不管中間有無關聯詞語，一律看成單句。（例如：「這孩子聰明、伶俐。」、「他越幹越起勁。」）但如果幾個動詞陳述的主語不同，那麼這句就是緊縮的複句。（例如：「我受了傷爲甚麼不給治？」、「別人問了才回答。」）

　　《提要》將這個句子稱爲「緊縮句」而不稱「緊縮複句」，不過在說明這種語言現象的同時，卻不給這個句子歸類。換言之，《提要》對這種句子的區分仍未有定論。

　　單複句的界限問題在漢語裏一直存在，至今仍然沒有一套最好的解決辦法。遇到這種情況，有時也不免如邢福義（1991）所說：「教學中只好採取武斷性的做法。」⓬

⓬　邢福義（1991），頁 393。

第二節　粵語的句子

1.　句子的分類

粵語句子可以按句子的語氣和句子的結構分爲兩大類。

1.1　按語氣分類

(一)陳述句

這類句子主要用來敘述、說明或交代某一事物的情況、行爲和品質的。陳述句的語氣可以是肯定的，也可以是否定的。表示肯定和否定時，有時會用上某些特定的語詞。例如：

> 好似佢咁講，我就錯晒咯。

> 香港而家樣樣都貴，眞係搵食艱難。

> 佢成日咁忙，都唔知爲乜。

> 你想唔讀書，你阿媽<u>梗</u>唔贊成嘞。

> 你成晚冇瞓，聽日<u>實</u>唔夠精神。

> 佢咁做嘢法，老板<u>梗</u>係嬲啦。

> 由早到黑，我都未睇報紙。

> 嗰個超級市場我都未曾行過。

> 我冇你咁大隻，搬唔郁。

至於表示比較，粵語的表達方式與普通話不同。粵語的比較句多在句子的形容詞謂語後面帶上介詞「過」來表示。

> 佢<u>大過</u>我。　　　　　　（他比我小。）

> 你走得<u>快過</u>我好多。　　（你跑得比我快。）

> 我老豆<u>肥過</u>你老豆。　　（我父親比你父親胖。）

如果表示強調的話，則可以在形容詞後附上助詞「得」，再帶上介詞「過」：

呢度冇邊個叻<u>得過</u>佢㗎嘞。

幾時我都起<u>得早過</u>你啦。

㈡疑問句

粵語疑問句的表示方式約有以下幾種：

⑴藉句子裏的疑問代詞表示疑問。例如：

今晚做<u>乜嘢</u>咁趯呀？

你<u>幾時</u>起程去香港呀？

佢<u>點解</u>唔肯相就一下呢？

⑵謂語動詞用肯定否定的重疊方式表示疑問。例如：

呢件事你<u>知唔知</u>㗎⁵？

你<u>怕唔怕</u>笑大人個口呀？

阿媽<u>有冇</u>噬佢洗乾淨個身呀？

佢<u>見唔見</u>我㗎？（也可以説成「佢見我㗎唔見？」）

⑶疑問句如果在徵求對方同意，在表達時往往先把句子內容説出，然後再加「得唔得」、「好唔好」、「係唔係」之類來表示疑問。例如：

我想你陪我睇戲，<u>得唔得</u>？

你代我送陳伯返屋企，<u>好唔好</u>？

⑷在句末加上「未」、「冇」、「咩」、「呀⁴」等語詞表示疑問。例如：

佢洗晒啲衫<u>未</u>？

你做咗功課<u>未</u>？

阿仔大個咗重肯唱歌冇？

你今日至知佢咁差咩？

你琴日.睇咗戲呀 [4]？

(5)用連詞「定」、「抑或」表示疑問。例如：

佢講嘅真定假嘅？

你鍾意行街抑或睇戲？

以上幾種表示疑問的句子形式，在現代漢語裏也大致相同。疑問中還有一類表示反詰語調的。反詰問句雖似疑問句，但實際上句子已包含答案，所以並不要求對方回答。例如：

你睇幾多人坐晒喺度，邊個話重未有人㗎？

佢鬼咁唔得閒，你重指擬佢做？

佢好翻未？唔知好翻幾耐嘞。

(三)祈使句

表示請求、命令或禁止的叫做祈使句。例如：

快啲扯！

咪郁身郁勢！

唔該等埋我吖！

請埋佢飲啦！

唔准咁茅㗎！

(四)感嘆句

感嘆句的句首多有感嘆詞。例如：

唉！都唔知點收科咯！

嘩！旺角真係旺嘛！

呀！終於見到你嘑！

1.2　按結構分類

(一)單句

由一個主語和一個謂語構成的，叫做單句。單句包括：

(1)主謂句

香港係重要嘅金融中心。

我今日會去圖書館。

呢本雜誌你睇咗未？

嗰間公司嘅售貨員一般都算幾有禮貌。

房裏頭床上面嗰件衫係啱啱洗乾淨㗎咋。

主謂句裏的謂語可以是名詞性、形容詞性的詞或短語，又或者是主謂結構方式的短語。例如：

佢香港人嚟㗎。
今日中秋節。
　　　　　　　　　　　　（名詞謂語句）

小王眞大膽。
佢大件咗嘞。
　　　　　　　　　　　　（形容詞謂語句）

個窗啱啱打爛咗。
太陽出嚟喇。
　　　　　　　　　　　　（動詞謂語句）

件衫我已經補好喇。
啲錢你攞去駛啦。
　　　　　　　　　　　　（主謂謂語句）

(2)非主謂句

單句中的非主謂句，其中的主語和謂語，在口語中常不出現，因爲在當時的語言情境裏沒有說出的必要。例如：

（天）出太陽喇。

（天）落雨喇。

（今日）熱死喇！

（你）入嚟啦！

（你）企喺度！

㈡複句

粵語裏複句的性質與構成方式基本上與現代漢語相同。由兩個或兩個以上的單句，通過一些語法手段（例如利用連詞）組合而成。複句裏的單句叫做分句。按分句的組合方式，粵語的複句也可分為聯合和偏正兩大類。

⑴聯合複句

聯合複句裏的分句地位等同，彼此沒有從屬的關係。分句的連接，可以用連詞，也可以不用。聯合複句的分句之間，也有連貫、遞進、選擇等關係。例如：

等陣我去行街，你去睇戲。

頭先我買咗件衫，佢買咗條呔。

你哋鍾意去泰國，定鍾意去日本呀？

細佬今晚睇完戲，然後至去探契娘。

佢點只聰明呀，重好勤力添嗱！

唔好話我唔高興，連佢都唔高興。

一係你去，一係我去。

架車一停低，佢就即刻跳出嚟。

聯合複句裏的連詞，例如「定」、「抑或」表示的是選擇；「連」表示並列；「然後」表示連貫；「重」表示遞進。這些都是粵語裏

常見的。

(2)偏正複句

複句裏的分句一偏一正，偏句與正句之間的關係，約有以下幾種：

a.轉折關係──一般是偏句在前，正句在後。兩個分句之間的意思有時相反，有時相對。常用的連詞有：「雖然……但係」、「就算……都」、「即管……都」、「之但係」、「反爲」、「不過」等。有時又會在正句裏加入副詞「偏偏」、「重」之類作語氣上的呼應或加強語調。例如：

我<u>雖然</u>瘦啲，<u>但係</u>精神好過你。

<u>就算</u>佢唔嚟，我<u>都會</u>自己一個人去。

<u>即管</u>阿媽鬧，我<u>都會</u>咁做。

佢梗係想我走啦，<u>之但係</u>老板留我呢。

阿媽錫細佬，<u>不過</u>細佬就偏偏唔聽佢話。

叫佢哋腳步輕啲，點知佢哋<u>重</u>揼多幾腳。

b.條件關係──條件關係的複句除了用偏句表示條件，正句表示在該條件下所產生的結果之外，也可用偏句表示某種假設，正句則表示在該假設下所得出的結論。因而後者也稱假設複句。在這裏將兩者合而爲一，統稱條件複句。條件複句常用的連詞有「若果」、「除非」、「無論」、「唔理」、「就」……等。有時分句之間也可以不用連詞。例如：

<u>若果</u>唔係佢幫我，我點會有今日。

<u>除非</u>番夜班，唔係我一定會嚟。

<u>無論</u>佢點對我，我都唔會嬲嘅。

唔理幾辛苦，我都要做埋啲野。

就算人人鬧佢，阿媽都唔會信嘅。

早知你咁無賴，我就唔會借錢俾你。

c.因果關係──因果關係的複句前分句多說明原因，後分句說出結果。分句間的連詞可用可不用。常用的連詞有「因為……所以」、「由於……所以」、「既然」、「橫掂」、「事關」等。例如：

由於佢成世人都慳，所以積落好多錢。

成朝早手軟腳軟，事關冇食早餐。

橫掂冇人嚟，不如早啲收鋪啦。

既然咁鍾意運動，你入體育系啦。

因為要供樓，所以我要兼多幾份職。

呢幾日學人食齋，成日口淡淡。

d.目的關係──目的關係的複句連詞多用「為咗」，放在偏句裏表示行為的目的。例如：

佢為咗將生意攪好，日日冇啖好食，捱到隻鶴咁。

我成日為咗個仔讀書好啲，惟有唔做工，看住佢。

有時也用「免得」來表示目的：

我煮落飯喇，免得你夜麻麻番嚟先煮咁辛苦啦。

你幫我攪掂架車，免得中途有事呀。

粵語的複句也跟現代漢語一樣，可以重重組合成為多重複句。例如：

①呢次考試題目雖然深啲，|不過一班四十五人竟然有七成人答到，都算唔錯喇。

②呢次考試題目深就深咗啲，之但係學生平日訓練有素，|
所以成績都唔差；‖ 不過我都唔敢過分讚佢哋，‖‖ 因爲怕佢
哋驕傲起嚟，下次考試放鬆晒。

③孔乙己原嚟亦讀過書，| 但係都有進學，又唔會搵嘢做，‖
不過好彩寫得一手好字，就同人哋抄抄寫寫，搵啖飯食；‖‖
可惜佢有鋪壞脾氣，就係好飲懶做 ‖‖‖ 於是托佢做嘢嘅人都
怕咗佢，佢就越嚟越窮喇。

　　除了多重複句之外，粵語的複句也有緊縮形式，其構成與現代
漢語相似，在這裏不再重贅。例如：

　　　　咁叻你搬吖！

　　　　你唔鍾意都要做㗎喇！

　　　　佢一講就明。

　　　　問佢爲乜又唔講。

　　　　阿爸越諗越嬲。

2.　句子成分

　　粵語的句子成分也和現代漢語一樣，分爲主語、謂語、賓語、
定語、狀語、補語六種。

2.1　主語、謂語和賓語

　　粵語裏充當主語和賓語的成分，最常見的是名詞和名詞短語，
但非名詞的短語亦復不少。謂語的結構成分主要是動詞和動詞短
語、形容詞和形容詞短語、主謂短語以及名詞和名詞短語。以下是
主語、謂語和賓語的構成成分示例。

<u>主語部分</u>

香港係國際大都會。　　　　　　　　　　　　　　（名詞）

海隧、東隧和西隧都係貫通港九嘅海底隧道。　（名詞短語）

污糟邋遢最乞人憎。　　　　　　　　　　　　　　（形容詞）

一竇有三隻狗仔。　　　　　　　　　　　　　　　（數量詞）

擔泥嘅擔泥，拆鐵嘅拆鐵。　　　　　　　　　　（嘅字結構）

講大話係最棹忌嘅。　　　　　　　　　　　　　（動賓短語）

你教佢學英文，梗係好啦。　　　　　　　　　　（主謂短語）

淨講有乜用？　　　　　　　　　　　　　　　　（動詞短語）

謂語部分

架洗衣機開咗嚀？　　　　　　　　　　　　　　（動詞）

人人都有自己嘅諗法㗎啦！　　　　　　　　　（動詞短語）

唔該你將間房執得乾淨啲！　　　　　　　　　（動詞短語）

阿仔乖，阿女曳。　　　　　　　　　　　　　　（形容詞）

而家十二點。　　　　　　　　　　　　　　　　（數量詞）

我鄉下中山。　　　　　　　　　　　　　　　　（名詞）

佢頭剌。　　　　　　　　　　　　　　　　　　（主謂短語）

呢件事我都有晒符。　　　　　　　　　　　　（主謂短語）

佢又高又大，唔打得都睇得。　　　　　　　　（形容詞短語）

賓語部分

最近接咗幾單生意，都算係咁喇。　　　　　　（名詞短語）

咪住，睇埋封信先。　　　　　　　　　　　　（名詞短語）

唔駛急，等埋你。　　　　　　　　　　　　　　（代詞）

顧住冷親仔仔，著番多件衫啦！　　　　　　　（名詞）

佢最憎污糟邋遢。　　　　　　　　　　　　　　（形容詞）

我發夢都諗住<u>開車</u>。　　　　　　　　　　（動詞短語）

我哋重估<u>你實趕唔切番嚟</u>添！　　　　　　（主謂短語）

阿媽都唔知<u>我入咗醫院</u>。　　　　　　　　（主謂短語）

佢俾咗<u>把遮我</u>。　　　　　　　　　　　　（名詞雙賓語）

　　粵語主謂賓的語序，也是主語在前，謂語在後。謂語若有支配對象，則被支配的賓語亦是放在動詞後面。不過這種正常語序有時會因當前的語境而稍有轉變。在現代漢語裏也有這樣的情況。例如：

　　隻船重未<u>嚟</u>。

　　至精<u>你</u>，至蠢<u>佢</u>。

　　歡喜到<u>佢</u>吖！

以上句子裏的主語「你」、「佢」都放在謂語之後，而賓語「隻船」又放在謂語動詞「未嚟」之前，這樣的表達方式都不是常見的。只在偶然的口語裏，說話人由於情緒比較緊張興奮，又或焦急衝口而出，因而改變了正常的語序。

　　至於謂語中的動詞跟它所帶的賓語，除了支配關係之外，也可以有其他關係。例如：

　　咁凍天時，佢重日日沖<u>凍水</u>涼。

　　阿婆喺度曬<u>熱頭</u>，你搵佢做乜？

　　佢好似甩繩<u>馬騮</u>，冇時停。

　　呢間屋住咗<u>幾多伙人</u>呀？

以上句子裏的賓語，與動詞都沒有支配與被支配的關係。謂語動詞的賓語有些表示行爲所使用的工具，有些表示行爲的方式。

2.2 定語、狀語和補語❸

粤語句子裏的定語是名詞的修飾成分，主要用來表示人或事物的性質、所屬、數量和次第等。充當定語的有名詞、代詞、數量詞或相同性質的短語。「嘅」（相當於現代漢語的定語標誌「的」）是粤語定語的標誌。例如：

<u>香港</u>嘅生果真係講唔出都有。	（名詞）
你要睇住佢，咪攪亂<u>我</u>嘅嘢。	（代詞）
呢啲係<u>我同佢</u>嘅錢，你咪吼住呀！	（名詞短語）
你咪將<u>著</u>過嘅衫俾我，我唔要㗎！	（動詞）
<u>梁先生</u>嘅妹係我朋友。	（名詞）
<u>青</u>嘅木瓜唔好食㗎！	（形容詞）
我哋農場養咗<u>兩千</u>隻白鴿。	（數量詞）

狀語也是修飾成分，但修飾的對象則是動詞和形容詞。它出現的位置是在謂語的動詞前面，主要用來表示動詞的行為、狀態、時間之類。粤語的狀語標誌是「咁」。例如：

呢度求籤<u>好</u>靈㗎，求番枝啦！	（副詞）
香港人又再興<u>焓焓</u>咁排隊買樓喇。	（形容詞）
佢<u>幾日</u>冇食飯喇。	（數量詞）
佢成日<u>手唔停腳唔歇</u>咁執東執西	（主謂短語）

---

❸　高華年（1980），頁 234-243。高將粤語的狀語分為「謂語的前狀語」和「謂語的後狀語」而不立補語。根據高氏「謂語後狀語」的內容，其實相當於現代漢語中的補語。為與現代漢語的句子成分一致，本書將高氏「謂語後狀語」一律改稱補語。

　　阿哥死咗阿媽畀佢去旅行。　　　　　　（動詞短語）

　　佢個額頭微微哋有啲慶。　　　　　　　（副詞）

　　阿哥傻傻哋咁望住個女仔。　　　　　　（副詞）

　　補語的位置，主要放在謂語動詞後面，表示動作的行為結果。充當補語的成分也可以是各式各樣的。補語的標誌是「得」。例如：

　　我唔覺意打爛咗個鏡。　　　　　　　　（形容詞）

　　啲字寫得咁潦，邊個識睇喎！　　　　　（形容詞）

　　我移民咗三年咯。　　　　　　　　　　（數量詞）

　　佢開心到瞓唔著。　　　　　　　　　　（動詞短語）

　　先生講到個個瞓晒覺。　　　　　　　　（主謂短語）

　　琴日政府的施政報告講得好清楚。　　　（形容詞短語）

　　我哋住响銅鑼灣。　　　　　　　　　　（介賓短語）

　　除了以上六種基本的句子成分外，還有幾種比較簡單的附屬成分，例如獨立語、稱呼語和象聲語。❹

　　唔，我嚟幫下你手。

　　嗌嘞，等陣你陪我去睇戲最好。

　　車，鬼叫你咁蠢咩！

　　咪郁！哼，因位枝槍呀！

　　嘭，就係咁成塊板跌咗落嚟！

　　時時沙沙，都唔知乜野喺度。

　　老友，起身喇，落車喇！

----

❹　　參考高華年（1980），頁 243-247。

3. 幾種特殊句式

現代漢語的特殊句式，同樣見於粵語。以下試將粵語裏的特殊句式作簡單的說明和舉例。

3.1 主謂謂語句

粵語的主謂謂語句，其結構與現代漢語一樣。句子本身已是主謂結構，而它的謂語部分又是另一主謂結構。例如：

鐵達尼呢部戲，<u>好多人睇過三次以上</u>。

咁嘅仔，<u>我一定錫到佢濃</u> [1]。

呢樣野，<u>我包你攪掂</u>。

呢座山<u>我爬過好多次咯</u>。

3.2 連動句

兩個或兩個以上的動詞或動詞短語（也可以是形容詞）共同陳述同一主語。由於各動詞代表的動作有時間先後的關係，所以次序不能隨便調換。動詞或動詞短語之間不用關聯詞語，也沒有語音停頓。例如：

阿妹拎咗把遮番學。

三叔飲完茶嚟幫吓我。

你番屋企放低書包嚟我呢度玩吖。

攞條繩嚟綁住隻馬騮。

3.3 兼語句

「兼語」的意思是指它身兼兩種身分。當句子有兩個動詞時，它既是前一動詞的賓語，又是後一動詞的主語。例如：

鬼請<u>佢</u>飲茶呀，咁衰嘅人。

阿媽叫<u>你</u>勤力啲讀書呀。

阿爸唔行得，我惟有孭<u>佢</u>入急症室。

3.4　係字句⑮

粵語的「係字句」相當於現代漢語的「是字句」（也叫判斷句）。「係」這個連繫動詞後面的成分，在現代漢語中統稱賓語。充當賓語的主要是名詞或形容詞，對主語表示判斷和強調。例如：

嗰個著西裝嘅係老板。	（表示同一關係）
你個仔零舍係精乖伶俐嘅。	（表示強調）
枝筆係你嘅。	（表示所屬關係）
明仔係我哋嗰班㗎。	（表示所屬關係）
佢真係好靚㗎。	（表示強調）

3.5　存現句

粵語裏的存現句最常用的動詞是「有」。例如：

屋裏面有三張櫈，四張枱。

書裏面有好多插圖，好好睇。

至於其他用於存現句的動詞，它們所帶的詞尾就多數是「咗」和「住」，表示當前的情況已存在了一段時間。例如：

台上面坐咗一班政治官員。

足球場上面插住幾枝國旗。

---

⑮　高華年（1980）將粵語裏以「係」爲動詞的句子，其動詞後面的成分稱爲「表語」，本文的粵語句子成分沒有「表語」，僅將這類句子的特點放在特殊句式中加以說明。

地鐵車廂企咗好多人。

花樽下面壓住咗一張紙。

3.6 將字句（處置句）

粵語的將字句和現代漢語的結構一樣，利用介詞「將」把動詞後面的賓語提前，表示主語對賓語的處置和安排。現代漢語所用的介詞是「把」和「將」，但粵語就只用「將」。例如：

你將碗飯食晒，我先同你去街。

你幾時將我件衫洗淨呀？

不過，如果動詞帶的是雙賓語，則「將」只能把直接賓語提前。例如：

佢幾時將啲錢畀番我？

3.7 畀字句（被動句）

現代漢語當句子表示被動意思時，有時會用「被」這個介詞引入動作的施事者。粵語表示被動意思時，也會利用介詞。這個介詞就是「畀」。例如：

佢個頭畀舊石頭掟穿咗。

阿媽隻腳畀水淥親。

佢畀人選咗做班代表。

粵語的被動句式也不是常用的。即使有被動的意思，也可以用主動的句式來表達。例如：

條村啲屋冚巴郎都起好咗嘞。

乜啲字寫得歪歪斜斜㗎。

第三節　英語的句子

1.　句子的分類

英語的句子也可按句子的語氣和結構兩方面來分類。

1.1　按句子的語氣分類

㈠陳述句（declarative sentence）

陳述句可以是肯定的或否定的，句末用句號「。」，語調下降。例如：

> She arrived quite early.
>
> I have been looking all over the place for you.
>
> He has not passed the exam.
>
> This dress does not suit me very well.

㈡疑問句（interrogative sentence）

⑴一般疑問句用來提出問題，回答時通常用「yes」或「no」。句末用問號（？），口語中多用低升調。例如：

> Do you like her?　（Yes, I do.）
>
> Is there something wrong with your car?　（Yes, there is.）
>
> Are you really from London?　（No, I am not.）

以上肯定式的疑問句常用動詞 to be、to have 和 do 來構句。回答上述的提問時可以簡單用「yes」或「no」。但如果句子提問是否定式的話，回答形式就與漢語不一樣了。例如：

> Is he not a worker?　　　　（<u>Yes</u>, he is.）
>
> 他不是工人嗎？　　　　　　（<u>不</u>，他是工人。）

Don't you understand English? （<u>No</u>, I don't.）

你不懂英語嗎？ （<u>是的</u>，我不懂。）

　　(2)像漢語一樣，英語的疑問句也可以用疑問代詞放在句首來提問。英語的疑問代詞有 who，whose，what，which，where，how，why 等。語調用降調。例如：

Who are you going with?

Which book is mine?

When will they leave?

How much is this tie?

　　(3)英語的疑問句中，還有一種稱為反意疑問句（disjunctive question）。這類疑問句由兩個部分組成，也就是陳述句加簡短一般疑問句。如：

It's a fine day, isn't it?／It isn't a fine day, is it?

They have come back home, haven't they?／They haven't come back home, have they?

這類句子的語調，可以是升調或降調。升調表示說話人對所述內容把握不大，希望對方加以証實，還可以表示說話人語氣婉轉。而降調則表示提問者對所述內容較有把握，希望對方同意或引起對方的興趣。句子的陳述部分用逗號（，），疑問部分用問號（？）。回答這類句子的形式，英語和漢語也有不同。例如：

They won't come, will they? （<u>Yes</u>, they will come.）

他們不會來了吧？ （<u>不</u>，他們會來的。）

They won't come, will they? （<u>No</u>, they won't come.）

他們不會來了吧？ （<u>是的</u>，他們不會來了。）

㈢**祈使句**（imperative sentence）

表示請求、命令的句子叫祈使句。句子都用降調，句末用問號（？），語氣較強的用感嘆號（！）。祈使句肯定形式的謂語動詞一律用動詞原形，否定時則在肯定結構之前加 do not（don't）。例如：

> Give it to me.
>
> Be quick!
>
> Don't move!
>
> Let's start work at once.
>
> Do be patient.

㈣**感嘆句**（exclamatory sentence）

感嘆句通常由 what 或 how 引入，主謂語常用正常語序，加感嘆號（！），句子用降調。例如：

> How rude she is!
>
> What a pity!
>
> How strange a feeling it is!
>
> What good news it is!

1.2　按句子的結構分類

㈠**單句**（simple sentence）

　(1)單句的類型

　　a.完全句

具備主語和謂語的句子稱爲完全句。英語的完全句的句型有五種：

(i) S＋V

The boy laughed.

The sun has risen.

It is raining.

(ii) S＋V＋O

We study biology.

My father built the house.

The news surprised us.

(iii) S＋V＋P

The soup is hot.

She became a teacher.

We are students.

(iv) $S＋V＋O_1＋O_2$

John's father gave him a dog.

We paid them the money.

I sent him a letter.

(v) S＋V＋O＋C

He found the trip exciting.

I consider the story false.

She cut her hair short.

〔以上的字母表示：S＝subject（主語），V＝verb（動詞），O＝object（賓語），C＝complement（〔賓語〕補足語），P＝

predicative（〔主語〕補足語）**⓰**〕

　　b.不完全句

　沒有主語，或省略了某些句子成分的叫不完全句。英語的不完全句分爲獨詞句和省略句。

　　(i) 獨詞句──指由一個詞或一個名詞性短語構成的句子。例如：

　　　　Plane!

　　　　Wonderful!

　　　　A great country.

　　(ii) 省略句──在對話中省略了主語或謂語。例如：

　　　　（How are you getting along with your work?）──
　　　　Pretty well.

　　　　（How is the weather?）──Going to clear up.

　㈡**複句**（composite sentence）

　英語複句分爲聯合複句（compound sentence）與複合句（complex sentence）。

　　⑴聯合複句

　由兩個或兩個以上並列而又相互獨立的單句構成，兩個單句之間由等立連詞連接。等立連詞有 and，or，but，for，so……等。有時不用連詞，而只用逗號（，）或分號（；）把句子分開。英語的聯合複句有並列、選擇、轉折、原因、結果五種。漢語的聯合複句

⓰　英語的 predicative，漢語早期將這成分叫做「表語」，現在則視爲「賓語」。詳見本章「句子成分」一節。

就只有並列、遞進與選擇三種。英語中的並列和選擇句相當於漢語的聯合複句，而英語表示轉折關係與因果關係的並列句，則相當於漢語的偏正複句。

　　a.表示並列與選擇關係的並列句：

He will go on a journey, while his brother stays at home.

Either he did not speak distinctly or I did not hear well.

Not only did he write to us but came here yesterday as well.

I am not obliged to tell everybody, neither am I obliged to keep it a secret.

Hurry up, it is getting late.

Shall I bring the book or are you coming for it yourself?

The lowly are mostly intelligent; the elite are mostly ignorant.

　　b.表示轉折與因果關係的並列句：

She normally has a lot to say, but this time she was unable to utter a word.

The hero is dead, but his name lives in the memory of his people.

He could not attend the meeting, for he was ill.

He got up very early, and (yet) he failed to catch the morning train.

　　(2)複合句

　　由一個主句（main clause）和一個從句（subordinate clause）構成的句子，在英語中稱爲複合句。主句是句子的主體，從句只充當

主句的一個成分（例如主語、賓語、補足語、定語、狀語等），不能獨立。從句一般帶引導詞，並由引導詞將從句和主句聯繫在一起。英語複合句根據從句在主句中的語法功能分爲主語從句、賓語從句、主語補足語從句（以上三種都是名詞從句）、定語從句和狀語從句。

a.主語從句——從句作主語

That knowledge comes from practice has been proved by experience.

What you need is more practice.

What I want to know is this.

b.賓語從句——從句作賓語

I know who the author of the book is.

Did you write down what she said?

I told him where he could find the answer.

c.補足語從句——從句作補足語

The question is when shall we start.

This is where our interest lies.

My idea is that we should stick to our original plan.

d.定語從句——從句作定語

Those who want to go please sign their names here.

I can't stand people who put on airs.

This note was written by John, who was here a moment ago.

e.狀語從句——從句作狀語

We must not claim to know when we don't.

He returned home <u>after the sun had set</u>.

Everybody loves him because he is a good man.

由於主語從句、補足語從句與賓語從句，分別充當主句中的主語、補足語和賓語，其在句中的功能與名詞相當，因此這三種從句又合稱為名詞性從句。英語複合句中的名詞性從句，在漢語裏會譯成主謂結構、的字結構、或偏正短語。例如：

<u>That the work will be finished by the end of this week</u> is certain.

（這項工作將在周末完成是肯定的。）

<u>Where the meeting is to be held</u> will be announced soon.

（會議在甚麼地方舉行不久就會宣佈。）

That's <u>what we should do</u>.

（這是我們應該做的。）

<u>What is hard</u> is to do good throughout all one's life while doing nothing bad.

（難的是一輩子做好事，不做壞事。）

This is <u>where I worked ten years ago</u>.

（這就是我十年前工作過的地方。）

I know <u>what I should do</u>.

（我知道我該做甚麼。）

Did you write down <u>what she said</u>?

（你記下她說的話沒有？）

英語複合句中的定語從句常用的引導詞是代詞。定語從句所修飾的先行詞如果指人，就用 who、whom、whose，先行詞如果指物，就

用 which，而 that 則人物皆可。例如：

The man who just stepped out of the library is a famous professor.

All the books which had pictures in them were sent to the little girl.

就定語從句與它的先行詞關係而言，可以分爲限制性與非限制性兩種。限制性的定語從句與先行詞關係密切，不可分割。這種從句在口語中前後沒有停頓，書面上沒有逗號。例如：

He who helps the handicapped deserves our support.

The woman whose daughter you met is Mrs. Brown.

非限制性定語從句與先行詞之間的關係比較鬆散。這種從句在口語中有停頓，書面上往往用逗號與主語隔開。例如：

Mr. Smith, who is downstairs, wants to meet you.

The man, whose son died in the war, has become a labour hero.

至於英語複合句的狀語從句可以位於主句之前，也可以位於主句之後。前置時，從句之後一般用逗號與主句分開；後置時，從句與主句之間通常不用逗號。例如：

Before they reached the hotel, the rain had stopped.

The rain had stopped before they reached the hotel.

根據意義，狀語從句可以分爲：

　　a.時間狀語從句（adverbial clause of time）

　　You must finish your work before you go home.

　　We should continue the experiment until we succeeded.

　　b.地點狀語從句（adverbial clause of place）

I will go wherever you go.

He puts a full stop where he should have put a coma.

c.方式狀語從句（adverbial clause of manner）

We must do as she tells us.

I shall do the exercises as I have been taught.

d.條件狀語從句（adverbial clause of condition）

I won't help him unless he asks me.

If I were you, I would do it myself.

e.讓步狀語從句（adverbial clause of concession）

Though he was ill, he fulfilled his task ahead of time.

Although we meet with many difficulities, we are certain to make greater and greater efforts.

f.原因狀語從句（adverbial clause of cause）

We are going to have nothing to do because tomorrow is a holiday.

You should not look down upon a man simply because he is poor.

g.結果狀語從句（adverbial clause of result）

Tom spoke so clearly that we all could understood what he said .

There were so many people in the hall that I could not get in.

h.目的狀語從句（adverbial clause of purpose）

Some people eat so that they may live.

I hid the book so that he should not see it.

將漢語複句與英語複合句比較，兩者有以下的不同：

a.概念上的不同——英語並列句的概念與漢語複句相同，但在複合句的概念上卻有分別。英語複合句中主句是句子的主體，從句不能獨立，只能作主句的一個成分，但漢語則剛剛相反。漢語複句中每個分句都不能充當另一分句的句子成分，若主謂短語充當句子成分時，整個句子便成單句。

b.結構形式上的不同——英語從句前常用連詞、連接代詞、連接副詞作引導詞（連接代詞如 who，which；連接副詞如 where，when，how，why），在從句中充當句子成分。漢語複句沒有引導詞，只用關聯詞（由連詞或起關聯作用的副詞充當），主要起連接作用，不能充當彼此的句子成分。

c.複句語序上的不同——英語複合句裏的從句，放在主句的前或後、放在動詞謂語的前或後、放在被修飾成分的前或後均可。語序上相當靈活，句子的結構關係不會因位置前後而改變。漢語語序比較固定，語序變動往往影響句子的結構。例如漢語偏正複句一般偏句在前，正句在後，若將正句置前，就會成爲倒裝句。倒裝句漢語用得少，英語則較普遍。

d.關聯詞語的不同——英語在並列句中所用的關聯詞有時會成對運用，但在主從複句裏關聯詞一般只能用在從句中。如果複句的每個分句都有關聯詞，那麼整個句子就沒有主句了。從句失去了修飾對象，句子變成不完整，不能獨立成句。漢語與英語不同，漢語複句中的關聯詞語往往成對運用。如「因爲……所以」、「不但……而且」、「雖然……但是」等。

e.複句關係上的不同——漢英兩種語言的複句，有的關係

相當，有的關係不同。例如英語並列複句，大部分相當於漢語聯合複句中的並列關係、連貫關係、選擇關係與遞進關係。但英語有些並列複句，卻與漢語的轉折複句和因果複句相當。**⓱**

2. 句子成分

英語的句子成分有主語（subject）、謂語（predicate）、主語補足語（predicative）、賓語（object）、定語（attributive）、狀語（adverbial）和賓語補足語（complement）。從句子結構來說，主語和謂語是句子的直接成分，分別由名詞短語（NP）和限定動詞短語（VP）**⓲**充當。賓語、賓語補足語、狀語、定語等則不是句子直接的組成部分，通稱為句子間接成分。至於主語補足語，則只出現在連繫動詞 to be 之後，與連繫動詞構成表性狀的複合謂語。

2.1 主語（subject）

英語主語是句子敘述的主體，一般位於句首，而且不能省略，這是與漢語不同的地方。例如：

⓱ 英語句子的分類及各類中之引例主要參考以下各書之句子部分。

吳潔敏《漢英語法手冊》，知識出版社，1982。

喻云根《英漢對比語言學》，北京工業大學出版社，1994。

徐士珍《英漢語比較語法》，河南教育出版社，1985。

方文惠《英漢對比語言學》，福建人民出版社，1990。

Anita K. Barry, English Grammar, Prentice Hall, Upper Saddle River, New Jersey 07458, 1998.

Sidney Greenbaum, The Oxford English Grammar, Oxford University Press, 1996.

⓲ NP＝noun phrase；VP＝verb phrase.

Mary went to bed as soon as <u>she</u> came home.

（瑪麗回家後，△立刻睡覺。）

I'll go when <u>I</u> have had my dinner.

（我吃了飯△就去。）

充當英語主語的有名詞、代詞、數詞、動詞不定式、動名詞、名物化的形容詞或分詞、短語等。例如：

The old <u>man</u> killed the shark.

<u>Who</u> live in the new house?

<u>The first</u> of October is our National Day.

<u>New York</u> is not far away .

<u>Swimming</u> will do you good.

<u>Early to bed and early to rise</u> makes a man healthy, happy and wise.

英語與漢語不同的是，漢語沒有動詞不定式和動名詞的形態特徵，而只能用句法關係來表示。另外，放在英語句首的引導詞 there 和形式主語 it，在漢語中是沒有的。例如：

<u>There</u> is a picture on the wall.

（△牆上掛著一幅畫。）

<u>It</u> is a pleasure to meet you.

（△很高興跟你見面。）

2.2　謂語（predicate）

英語中的謂語只能由動詞或動詞性短語充當。在動詞謂語中，有的結構與漢語動詞謂語句相當，有的則與漢語不同。與漢語相當的例如：

We sing and dance.

（我們唱歌跳舞。）

You must fulfil this task.

（你必須完成這一任務。）

與漢語不同的則有：

㈠英語沒有漢語連動短語作謂語的結構形式。英語一個主語只能帶一個謂語動詞（由動詞構成的聯合短語除外，因聯合短語中各動詞間的關係是並列的），其他的動詞都只能作修飾成分。例如：

He <u>stood</u> there 〔telling us a tale〕.

（他<u>站</u>在那兒<u>講</u>故事。）

I <u>took</u> my child 〔to the street〕 〔for a walk〕.

（我<u>帶</u>孩子<u>到</u>街上 <u>去</u> <u>走走</u>。）

㈡漢語判斷句的動詞（又稱繫詞）「是」與它後面的成分關係與範圍較簡單。但在英語，謂語中的繫詞與主語補足語所包括的範圍較廣。漢語的名詞謂語句、形容詞謂語句、部分主謂謂語句、和動詞謂語句，基本上都可以用英語的繫詞結構表示。例如：

The table is <u>very big</u>. （這桌子<u>很大</u>。）

Every thing is <u>in good order</u>. （一切都<u>井井有條</u>。）

The sun <u>is up</u>. （太陽<u>升 起來了</u>。）

She <u>is American</u>. （她<u>美國人</u>。）

也可以這樣說，英語中沒有名詞謂語句，形容詞謂語句和主謂謂語句。像漢語的名詞謂語句，形容詞謂語句，英語必須在主語與主語補足語之間加上繫詞 be，否則無法成句。至於漢語裏的主謂謂語句，英語則有兩種表示方式，例如：

The woman teacher <u>is upright</u>.

（那位女教師<u>品格</u> <u>正直</u>。）

I <u>am not</u> <u>afraid of</u> <u>any difficulties</u>.

（甚麼困難<u>我都不怕</u>。）

第一句漢語主謂謂語句變成英語句子中的繫詞結構，第二句把漢語裏的主題主語變成了英語句子中的賓語。

㈢漢語的被動句沒有形態變化，但英語的被動句式有形態變化。例如：

English <u>is spoken</u> in Britain, the U.S. and some other countries.

（英國、美國和其他一些國家講英語。）

More factories <u>will be built</u> in my home town.

（我的家鄉將要建起更多的工廠。）

2.3　賓語（object）

賓語通常是一個名詞短語或相當於名詞短語組成的結構。賓語可以分為單賓語、雙賓語（即直接賓語（direct object）和間接賓語（indirect object））、同源賓語（cognate object）等。賓語多用於動詞謂語後面。

㈠直接賓語和間接賓語——直接賓語通常指事物，間接賓語通常指人。例如：

We have finished <u>the work</u>.（直接賓語）

I give <u>them</u>（間接賓語）<u>some chocolate</u>.（直接賓語）

如果動詞後只有一個賓語，無論它是指物還是指人，都是直接賓語。如果兩個賓語同時出現，一指物，一指人，則指物的是直接賓語，指人的是間接賓語。間接賓語通常位於直接賓語之前。

㈡同源賓語——這是一種特殊的直接賓語，在結構上與某些及物動詞有關，以名詞形式重複動詞的全部或部分意義。例如：

The baby slept a peaceful sleep.

He died a miserable death.

同源賓語前面通常有修飾語，這個修飾語相當於動詞短語的狀語。例如：

The baby slept a peaceful sleep.

→The baby slept peacefully.

He died a miserable death.

→He died miserably.

英語的及物動詞必須帶賓語。漢語在一定的語言環境中，賓語可以省略，尤其是指物的第三人稱代詞「it」，用作賓語的很少。例如：

It is not necessary to do <u>it</u> all over again.

（沒有必要重新做起△。）

You'd better go and look at <u>it</u>.

（你最好去看看△。）

2.4 定語（attributive）

名詞或代詞的修飾成分叫定語。英語單詞作定語通常放在它所修飾的名詞前面，短語和從句作定語時，就要放在它所修飾的名詞之後。例如：

This is a <u>good</u> novel.

Look at the <u>rising</u> sun.

This is the time <u>for the boys to go to class</u>.

A man <u>who doesn't try to learn from others</u> can't hope to achieve much.

漢語與英語的定語語序有相同也有不同。相同的是，英語以單詞作定語時，通常放在所修飾的詞前面，這與漢語相似，但如果修飾成分是某些形容詞、副詞、短語和從句，則大都會放在所修飾成分之後。印歐語言裏長定語用得比較多，漢語裏用得比較少。

像雪萊的句子：❶

An old, mad, blind, despised, and dying King...

如果直譯成漢語，就會是：

一位衰老的、瘋狂的、瞎眼的、被人蔑視的、垂死的君王……

這種譯法，並不符合漢語的語言習慣。現在有些人喜歡把多個定語置於它所修飾的中心詞前面，形成一個複雜的名詞短語，這種表達方式主要受英語的影響。在現代漢語裏，像上述的英語句式，如果翻譯成漢語，正常的語序應該是：

這個垂死的君王，既衰老又瘋狂，既瞎眼且又爲人蔑視……

又例如：

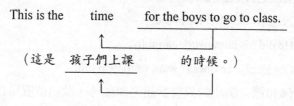

（這是　孩子們上課　的時候。）

---

❶　余光中〈怎樣改進英式中文？——論中文的常態與變態〉，《明報月刊》，1987 十月號。

The cover　of the book　is very beautiful.

（這本書　的封面　很漂亮。）

　　還有比較特別的是，漢語用名詞作定語是常見的，例如「木頭房子」，但在英語中，充當定語的名詞通常會變成形容詞，例如 wood 變為 wooden。

2.5　狀語（adverbial）

　　英語狀語是修飾動詞、形容詞、副詞以及全句的句子成分。狀語除了說明地點、時間、程度、方式外，還可以表示原因、目的、結果、條件、讓步等關係。充當狀語主要是副詞，或相當於副詞的其他詞類和狀語從句。例如：

I saw him <u>there</u>.

He stayed here <u>for three hours</u>.

We study <u>hard</u>.

They praised Tom <u>for his generosity</u>.

<u>When they saw the report</u>, they praised Tom.

<u>Perhaps</u> they left for home.

He did his homework <u>carefully</u>.

<u>Obviously</u>, he doesn't want us to help him.

英語修飾和補充謂語的只有狀語一種成分，狀語位置可以放在句首、句尾或句中。英語的狀語形態標誌主要是 -ly，分詞和分詞短語作狀語時，形態標誌是 -ing 或 -ed。漢語修飾和補充謂語的分別

有狀語和補語兩種成分。放在謂語前面的稱狀語，放在謂語後的叫補語。有一點要注意的是，英漢兩種語言的句子當時間狀語、地點狀語在句子中同時出現時，兩種成分的語序會有所不同。英語地點狀語在前，漢語則相反。例如：

The meeting will be held <u>in the classroom</u> <u>tomorrow afternoon</u>.

（會議將於<u>明天下午</u>　<u>在教室裏舉行</u>。）

2.6　補足語（complement）

英語的補足語與漢語的補語在內容上並不一樣。有些英語語法書把英語補足語分為主語補足語（subject complement）和賓語補足語（object complement）。其實主語補足語也就是連繫動詞後面的成分。由於它的作用有補充主語意義，描述主語特徵的功能，所以又叫主語補足語。例如：

He is happy.

He is my friend.

That sounds a reasonable idea.

The price of gas is up.

To see is to believe.

The speech is encouraging.

The young man became an expert.

上述的句子，像「He is my friend.」、「To see is to believe.」，漢語會變成判斷句（用判斷動詞（亦稱繫詞）「是」構成）。其餘句子就不一定要用「是」來轉譯。例如「The price of gas is up.」寫成漢語是「汽油價格升了。」；「He is happy.」寫成漢語是「他很快樂。」

　　真正算得上補足語的是英語的賓語補足語。在 S＋V＋O＋C 的句式中，謂語動詞僅有賓語，意義還不完整，必須在賓語後面加上一個成分，才能補足句子的意義，這個成分稱為賓語補足語。例如：

We find them very pleasant.

They called him an idiot.

We kept Jim off cigarettes.

He asked us in.

I didn't notice anybody going out.

His remarks kept me thinking a lot.

　　對於英語的主語補足語，早期的漢語語法學者稱之為「表語」，主語和表語之間用連繫動詞連接。例如：

我們是朋友。

他的前途是光明的。

老王成了我們的模範。

至於英語的賓語補足語，漢語使用的句式與英語不同。例如：

We elected him monitor.

（我們選他當班長。——兼語式）

They found the book useful.

（他們發覺那本書有用。——主謂短語作賓語）

I saw him out.

（我送他出去。——連謂式＋兼語式）

2.7　同位語和插入語（appositive and independent element）

　　㈠同位語——英語同位語相當於漢語的複指成分。指的是那些

加在由名詞或代詞構成的主導詞之後，補充說明主導詞的詞或短語。後面的成分通稱為前項成分的同位語。同位成分之間可以沒有任何標記，也可以用逗號、冒號或破折號。例如：

Dickens the novelist.

London, the capital of Great Britain.

There still remains the problem──the storage of the grain.

㈡插入語──英語插入語跟漢語的一樣，與句子裏的其他成分沒有結構關係。它可以由一個詞或一個短語充當。例如：

Ah! I see.

Hello, where are you going?

He is a skilled worker, certainly.

　　附識：本書所舉之例，有部分來自參考文獻，為免注文煩瑣，僅列參考書目而注釋從略。已成公論之說，亦依慣例，注釋從略。至於書中源自各家特有觀點之論述，則均予以一一注明出處。

參考書目

Barry, A. K.　　　　《English Grammar》, Prentice Hall, Upper Saddle River, New Jersey 07458, 1998.

Bolinger, D.　　　　《Aspects of Language》, Harcourt, Brace and World, Inc. 1968.

北京大學　　　　　《現代漢語》，新華書店，1962。

陳定安　　　　　　《英漢句子結構比較》，中流出版社，1987。

陳光磊　　　　　　《漢語詞法論》，學林出版社，1994。

陳望道　　　　　　《文法簡論》，三聯書店，1978。

戴煒華　戴煒棟　　《實用英語語言學》，商務印書館，1988。

鄧福南　　　　　　《漢語語法專題十講》，湖南人民出版社，1980。

方立等譯　　　　　《語言學和語音學基礎詞典》，北京語言學院出版社，1992。

方文惠　　　　　　《英漢對比語言學》，福建人民出版社，1990。

傅新安　袁海君　　《漢英語法比較指南》，上海交通大學出版社，1993。

高名凱等　　　　　《漢語的詞類問題》，中華書局，1956。

高更生　　　　　　《漢語語法問題試說》，山東教育出版社，
　　　　　　　　　1982。

──────　　　　《漢語語法專題研究》，山東教育出版社，
　　　　　　　　　1990。

高更生　王紅旗等　《漢語教學語法研究》，語文出版社，
　　　　　　　　　1996。

高華年　　　　　　《廣州方言研究》，商務印書館，1980。

龔千炎　　　　　　《中國語法學史稿》，語文出版社，1987。

Greenbaum, S.　　　《The Oxford English Grammar》, Oxford
　　　　　　　　　University Press, 1996.

廣西師範學院中文系　《漢語語法論文集》（增訂本），商務印書
　　　　　　　　　館，1984。

洪清盾等譯　　　　《綜合英語語法》，河北人民出版社，
　　　　　　　　　1982。

胡裕樹　　　　　　《現代漢語》（增訂本），三聯書店，
　　　　　　　　　1992。

華宏儀　　　　　　《漢語詞組》，山東教育出版社，1984。

黃伯榮　廖序東　　《現代漢語》（修訂本上、下冊），甘肅人
　　　　　　　　　民出版社，1988。

黃長著等譯　　　　《語言與語言學詞典》，上海辭書出版社，
　　　　　　　　　1981。

黃成穩　　　　　　《新教學語法系統闡要》，浙江教育出版
　　　　　　　　　社，1986。

Jespersen, O.　　　《Essentials of English Grammar》, George

	Allen & Unwin Ltd., 1933.
吉林師大中文系	《語文基礎知識》（修訂本），吉林人民出版社，1972。
Lyons, J.	《Introduction to Theoretical Linguistics》，Cambridge U. Press, 1968.
李大忠	《外國人學漢語語法偏誤分析》，北京語言文化大學出版社，1996。
李慶生等	《新英語語法精編》，湖北教育出版社，1997。
李新魁	《香港方言與普通話》，中華書局，1988。
———	《廣東的方言》，廣東人民出版社，1994。
林玉山	《漢語語法學史》，湖南教育出版社，1983。
劉月華等	《實用現代漢語語法》，外語教學與研究出版社，1983。
劉正埮　呂志士譯著	《英語語法和用法參考手冊》，上海科技教育出版社，1989。
呂叔湘	《中國人學英語》，商務印書館，1975。
———	《漢語語法論文集》（增訂本），商務印書館，1984。
馬松亭	《漢語語法學史》，安徽教育出版社，1986。
戚雨村等編	《語言學百科詞典》，上海辭書出版社，1993。

Quirk, R.等　　　　　《A Grammar of Conemporary English》，Longman, 1972.

Robins, R.H.　　　　《General Linguistics : An Introduetory Survey》, Longman, 1978.

饒秉才等　　　　　《廣州話方言詞典》，商務印書館，1981。

任學良　　　　　　《漢英比較語法》，中國社會科學出版社，1981。

邵敬敏　　　　　　《漢語語法學史稿》，上海教育出版社，1990。

史錫堯　楊慶蕙　　《現代漢語》，北京師範大學出版社，1984。

Sleed, J.　　　　　《A short Introduction to English Grammar》，Scott, Foresman and Company, 1959.

索振羽　葉蜚聲譯　《現代語言學教程》（上、下冊），北京大學出版社，1986。

湯廷池　　　　　　《漢語詞法句法論集》，台灣學生書局，1988。

────　　　　　　《漢語詞法句法續集》，台灣學生書局，1988。

万惠洲　　　　　　《漢英構詞法比較》，中國對外經濟貿易出版社，1989。

溫紹賢　　　　　　《實用英漢比較語法》，金葉出版公司，1986。

謝國平譯　　　　　《英語用法指南》，啓思出版有限公司，

	1986。
吳洁敏	《漢英語法手冊》，知識出版社，1982。
邢福義	《現代漢語》，高等教育出版社，1991。
徐士珍	《英漢語比較語法》，河南教育出版社，1985。
徐芷儀	〈詞與句──家族相似性〉，《邏輯思想與語言哲學》，香港科技大學人文學部主編，台灣學生書局，1997。
董杰鋒	《漢語語法學史概要》，遼寧大學出版社，1988。
楊成凱	《漢語語法理論研究》，遼寧教育出版社，1996。
姚善友	《英語語法學》，商務印書館，1978。
語文教學通訊社	《中學新教學語法系統應用指要》，山西人民出版社，1984。
喻云根	《英漢對比語言學》，福建人民出版社，1990。
袁家驊	《漢語方言概要》，文字改革出版社，1960。
────	《廣州話研究與教學》，中山大學出版社，1993。
曾子凡	《廣州話普通話口語詞對譯手冊》，三聯書店，1982。
張洪年	《香港粵語語法的研究》，香港中文大學出

	版社，1972。
張今、陳云清	《英漢比較語法綱要》，商務印書館，1981。
張　靜	《新編現代漢語》（上、下冊），上海教育出版社，1980。
張先亮	《教學語法的特點與應用》，杭州大學出版社，1991。
張志公	《現代漢語》（上、中、下冊），人民教育出版社，1982。
周志培、馮文池	《英漢語比較與科技翻譯》，華東理工大學出版社，1995。
朱德熙	《語法講義》，商務印書館，1982。
莊文中	《中學教學語法新編》，江蘇教育出版社，1984。

國家圖書館出版品預行編目資料

兩文三語：語法系統比較

徐芷儀著. – 初版. – 臺北市：臺灣學生，1999[民 88]
面；公分

ISBN 978-957-15-0973-0（平裝）

1. 比較文法 2. 中國語言 – 文法 3. 粵語 – 文法
4. 英國語言 – 文法

801.4   88008815

兩文三語：語法系統比較 （全一冊）

著　作　者：徐　　　　芷　　　　儀
出　版　者：臺 灣 學 生 書 局 有 限 公 司
發　行　人：盧　　　　保　　　　宏
發　行　所：臺 灣 學 生 書 局 有 限 公 司
　　　　　　臺 北 市 和 平 東 路 一 段 一 九 八 號
　　　　　　郵 政 劃 撥 帳 號 ： 0 0 0 2 4 6 6 8
　　　　　　電　話 ： （ 0 2 ） 2 3 6 3 4 1 5 6
　　　　　　傳　真 ： （ 0 2 ） 2 3 6 3 6 3 3 4
　　　　　　E-mail：student.book@msa.hinet.net
　　　　　　http：//www.studentbooks.com.tw

本書局登
記證字號　：行政院新聞局局版北市業字第玖捌壹號

印　刷　所：長 欣 印 刷 企 業 社
　　　　　　中 和 市 永 和 路 三 六 三 巷 四 二 號
　　　　　　電　話 ： （ 0 2 ） 2 2 2 6 8 8 5 3

定價：平裝新臺幣三〇〇元

西 元 一 九 九 九 年 六 月 初 版
西 元 二 〇 〇 八 年 六 月 初 版 二 刷

臺灣 學生書局 出版

現代語言學論叢書目·甲類